Kadokawa Fantastic Novels
U0045758
問題兒童的最終考驗
Last Embryo 1
問題兒童們歸來

藤島久彩
學長，你有收到信件嗎？
西鄉焰
妳認識十六哥嗎？
彩里鈴華
Brother

黑兔
歡迎來到「箱庭世界」！
最近，你身邊有沒有發生不可思議的事情？
御門釋天

水上都市
Underwood
「請吧請吧，去參加白雪大人的遊戲吧！」
「居然讓女性久等，真是個讓人搖頭的學長。」

「喂！有火車從水面下出現耶！」

（嗚……！）
焰基於本能明白
不可能逃走後，
下意識地護住彩鳥。

GEEEEYAAAAAaaaa——!

——之後，

1
Tatsunokotarou
竜ノ湖太
illustration
ももこ
Last Embry
問題
兒童們
歸來
問題兒童的
最終考驗
Kadokawa Fantastic Nove

封面、內文插畫／ももこ

Last Embryo 1

Contents

那是個五月裡的晴天。

春天的氣息已經和櫻花的花瓣一起離開城鎮，現在是新芽冒出大地的季節。

從窗口照進室內的陽光帶來暖意，算是個最適合睡午覺的日子吧。

在受到和煦陽光照耀的孤兒院會客室裡，少年——西鄉焰睜著帶有黑眼圈的雙眼，用力握緊拳頭。

「完……完成了……！終於完成了，鈴華……！」

「辛苦啦，焰。這下應該可以度過一個愉快的黃金週假期。」

一名看來開朗的少女——彩里鈴華一邊把整疊文件在桌面上咚咚敲了幾下讓紙張對齊，同時充滿感慨地點頭回應。雖然兩人都是年僅十五歲的孩子，焰的表情卻像是剛值完大夜班的勞動者。

拿下掛在脖子上的自製貓耳耳機後，西鄉焰解開寬鬆服裝的兩顆鈕釦。身上衣服的尺寸之所以有點寬鬆，大概是因為購買時考慮到將來會長高的前提，然而實際上的發育狀況卻偏偏不

如預期吧。

另一方面，彩里鈴華的打扮則是比平常稍微用心一些。

一頭長髮用碎花髮飾隨性地紮起，再搭配便於行動的短褲。穿著休閒風上衣的這副模樣儘管欠缺絢麗感，卻襯托出她本身擁有的開朗快活與堅強意志，因此反而顯得很有魅力。對於那些總是為了服裝搭配而深深煩惱的女性來說，想必會覺得非常羨慕吧。

因為得到合乎期待的成果，西鄉焰嘴邊露出滿足的笑容。

「雖然是比較保守的自我評價，不過這無疑是我竭盡全力的論文。只要把這種水準的研究成果統整好提出，想必 Everything Company 也不會有什麼意見。」

「咪哈哈，是啊。臨床試驗是不是已經通過了？」

「嗯，第二期臨床試驗也以易於常例的速度通過。不過第三學研好像有用了什麼祕技。」

兩人稍微動動身子，然後懶散地躺到沙發上。

也難怪他們會這樣。

室內吹著剛好能讓窗簾晃動的微風，配合良好的採光。對通宵沒睡的人來說，是個舒服到簡直殘酷的好天氣。再加上家中安全，眾人無病無災，這種狀況下還要禁止兩人享受午覺才叫作殘忍。

雖然現在的時間已經將近正午，孤兒院裡卻相當安靜。

講到假日的中午，正常來說應該是年少組的少年少女們正到處跑來跑去占滿每個空間的時

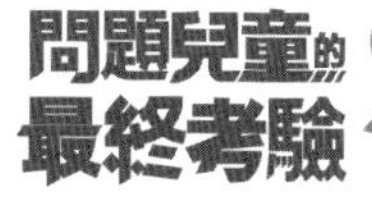

刻才對。而且在起居室裡，想必也有人正在爭奪大手筆買下的五十五吋電視的遙控權。可是偏偏卻只有今天，孤兒院裡安靜得像是沒有人在。

即使換個講法形容成過度冷清，也不算是誇大其詞。

迷迷糊糊的腦袋角落敲起警鐘提醒有可能是發生了什麼狀況，然而西鄉焰的睡意強烈到甚至讓他認為那種事無關緊要，因此焰決定總之先睡個午覺再說。

他抓了抓滿頭亂髮，看向鈴華以帶著意外的語氣開口：

「話說回來，妳今天……難得有打扮了一下，是要出門嗎？」

「是啊，預定要跟小彩一起去新宿。要不要一起來？」

「我才不去，妳和彩鳥兩個人好好逛吧。」

焰隨性揮著手表示拒絕。

畢竟他為了寫出要提交給出資者的研究論文，已經一整晚沒睡。

這份論文直到接近正午的剛剛才總算完成。在中午上床睡覺可不是正常學生該過的作息規律，至少在黃金週第一天，焰想要安安靜靜度過。

像這樣享受健康睡眠也是健全日常的一景……然而就像是要粉碎焰這種卑微的願望，走廊上傳來他的監護人，御門釋天的大吼。

「焰～～～～～～！你把研究所的財務報告書放哪裡去了啊啊啊啊！」

「……糟。」

「……耶？」

發現不妙的焰咂了咂嘴。

鈴華則發出走了音的驚訝叫聲：

「……喂，兄弟（Brother），到底怎麼回事？我不會生氣，你老實招了吧。」

「抱歉，姊妹（Sister）。我必須改寫財務報告書的內容，否則會危害到孤兒院的存亡。」

要提交給研究所出資者的文件並非只有報告用的研究論文，原本預定連增設的第三學研之設備費用與各項經費，以及這家孤兒院「CANARIA 寄養之家」的營運費用也要一併提出。

希望能增添設備而要求的極低溫電子顯微鏡（Cryo-electron microscopy）還可以另當別論，如果想掩蓋偷偷用經費買下五十五吋電視這類奢侈品的事實，身為代表的焰必須對報告書動點手腳。

浮報財務金額，藉此提高預算。

講得具體一點就是要偽造文書。不過進行研究本來就必須動用龐大的資金，他已經想好最後要如何符合收益，只剩下該如何騙過出資者這問題。

由於忙著打這種歪主意，所以換句話說那東西……財務報告書尚未完成。

嚇到頭髮都豎起來的鈴華一臉鐵青地站起。

「你……你打算怎麼辦！焰！什麼時候要交？」

「預定要和論文一起在下午一點提出。」

「嗚喔！只剩下一小時而已！你要拿什麼藉口去跟小彩說？」

鈴華抱著腦袋發出慘叫。

身為出資者的大小姐要求必須在今天中午提交報告。問題是現在才開始著手，真的有機會趕上期限嗎？不，不可能來得及。要是沒想出辦法，孤兒院和研究都會面臨存亡危機。

西鄉焰在陷入錯亂的鈴華旁邊思索解決的對策。

看到這模樣讓鈴華稍微恢復冷靜，她開口發問：

「……那麼，你有辦法嗎，兄弟？」

「不，Game over 了，姊妹。」

「也太快了吧！放棄得真乾脆！真的找不出任何方法？」

「佛祖保佑。」

「求神拜佛有什麼用！現在放棄比賽就結束了啊！立刻準備的話一定還來得及！」

彩里鈴華跳上跳下地拿出資料。儘管慌亂言行特別顯眼，但是該準備的東西似乎還是有確實準備。

焰捲起袖子，邊嘆氣邊拿起筆。

「是說，彩鳥大小姐要去新宿嗎……我倒覺得六本木或銀座一帶比較適合她。」

「沒那回事，其實小彩常常跟我們去看電影和逛華乃國屋書店……不對！現在不是聊這些的時候！好了好了，你快點寫啊！快點！只要你提起幹勁，有一個小時應該就能弄出點成果吧！」

「是是是……」西鄉焰有氣無力地回應並接過資料。不管怎麼說，確實有必要好好處理。畢竟彩鳥是個行動派，一旦知道報告書會遲交，肯定會立刻親自前來。在演變成那種情況之前，必須先想好可以拿來應付的某種藉口。

當西鄉焰正開始思考該用何種形式來偽造文書時——嗶嗶嗶，手機響起簡單的來電鈴聲。看到液晶螢幕上顯示的來電者姓名，焰皺起眉頭。

「……不妙，是彩鳥大小姐打來的。」

「嗚喔喔，真的假的？」

鈴華抱住腦袋，焰一邊做出相同動作，同時心驚膽跳地接起電話。

於是，電話的另一端傳來沉穩冷靜的說話聲。

「——辛苦了，焰學長。請問現在可以打擾你一點時間嗎？」

「當然可以啊，大小姐。財務報告書那方面沒有問題，預定會在整整一個小時後完成並交出——」

「比起那種事，學長，我有兩三件事情想問你。」

焰的發言被對方打斷，讓他有點意外地抬起一邊眉毛。因為認識彩鳥之後，至今為止從來不曾有任何話題比資金運用更優先。

這也是因為對方——久藤彩鳥她家是西鄉焰與彩里鈴華所居住的這間孤兒院「CANARIA寄養之家」的出資者。目前有七十八名少年少女設籍於 CANARIA 寄養之家，他們的食衣住自

不用說，還有花在其他方面的各項經費與就學所需費用等都是由久藤(Kudou)家支付。

因此，彼此都很清楚經費相關問題是最優先事項。但是彩鳥剛剛居然把這種最優先事項用**那種事**帶過，可見事態非比尋常。

焰也收起說笑的語氣，疑惑地發問：

「……彩鳥，出了什麼事嗎？」

「嗯，這個……如果要問是不是出了什麼事，其實也算是有。不過該說連我本身也不是很清楚狀況，還是該說發生了基本上應該不可能的事情呢……」

發言依舊不得要領的久藤彩鳥吞吞吐吐，就像是連她本身也不確定該如何說明某件事。這狀況很罕見，因為彩鳥總是能有條不紊地敘述該講的話題，或許今天是她第一次表現出這種態度。

也對現在的自己感到困惑的彩鳥本人刻意咳了一聲，切入主題：

「換句話說，請問……學長身邊有沒有發生什麼**不可思議的事情**？」

「……啊？」

焰這次忍不住歪了歪腦袋，也難怪他如此。

猶豫苦惱的結果居然是說出這種話，焰當然會想這樣回應。

「不可思議是什麼意思……具體來說是指什麼？」

「這個嘛……比如說，有沒有收到用奇怪方法寄來的信件？」

「信件？呃……妳指那種用信封裝著信紙的傳統信件？」

「是的。如果要實際舉例……像是有信件從天而降，或是在完全密室狀態的房間裡發生的不是密室殺人而是密室投書事件……還有就是……三毛貓幫忙把信件咬來之類……」

「…………」

焰更是一頭霧水。

彩鳥的聲音越來越小，大概是講出這番話的她本人也覺得很不好意思吧。

透過手機察覺這種氣氛的焰很貼心地把「妳到底在說啥啊？」的感想吞回肚裡，換上有點擔心的語氣發問：

「彩鳥，該不會……這是某種新的賭輸受罰遊戲？」

「不，如果沒有發生任何事那就好，請忘記我剛才的發言。」

「喔……好，嗯，畢竟彩鳥妳好像也很忙嘛。話說回來，妳今天不是要和鈴華一起出去玩嗎？」

「嗯，已經約好了。鈴華愛好閱讀，知道很多我沒聽過的書籍。所以今天要先過去學長你那邊然後再——」

這時，說話聲驀地停止。這不自然的中斷讓焰不解地歪歪腦袋。

沉默持續了一小段時間。

接著，突然響起宛如尖銳利刃的聲音。

「……請等一下，學長你剛剛說了什麼？」

「咦？」

「我覺得自己好像有聽到財務報告書之類的胡言亂語……難道報告還沒完成嗎！」

「……哇哩……」

「哇哩……哇哩是什麼意思？這次是學長自己說不想使用電子檔案而是要用手寫，所以希望我等一下吧……！」

「佛祖保佑。」

「求神拜佛也無法讓財務管理自動運作！」

久藤彩鳥難得講話如此激動，看樣子這次真的很不妙。

察覺自己沒處理好的焔也在內心咂嘴，同時看向時鐘。現在剛過十二點，只要趕工，大概勉強可以在下午一點時弄出點具體成果。

反過來說，萬一彩鳥在那之前出現可就棘手了。焔還沒安排好要如何把那些用途不明的費用全都矇混過去，因此無論如何都必須爭取時間。

然而彩鳥卻無視焔的回應，冷淡地宣布：

「是我自己太傻才會相信學長……！你目前在家吧？」

「咦？呃，是那樣沒錯啦。」

「好，我快要到了，等一下就來討論今後的問題吧——噢，對了，，正好我也想針對最近購入的奢侈品問問學長你的說詞！請做好心理準備！」

留下語帶威脅的發言後，彩鳥結束通話。在此同時，孤兒院外傳來車子停下的聲音。

這行動力真的是迅速果斷。剛剛通話時居然已經在前來此處的路上，實在準備萬全。

焰皺起眉頭，再度咂嘴。

「……真的假的？不妙，彩鳥大小姐到了！」

「嗚啊！這下該怎麼辦？」

「再怎麼說也不能就這樣把報告直接交出去！我要帶著資料逃走，鈴華妳幫忙爭取時間！一個小時後，在老地方那間店會合！」

「任務了解！祝你幸運！」

焰罕見地邊大吼邊起身，畢竟目前已經演變成分秒必爭的事態。他一隻手抓著資料，另一隻手搭上旁邊的窗戶往外跳，直接穿著室內用拖鞋衝過中庭。

根據狀況來判斷，走正門逃不掉。

焰應該是想從後門逃走吧。

先預測到這一點的御門釋天已經把愛車開到那裡，從車內大叫：

「夠了！你每次都沒學到教訓！」

「囉唆！不過來得好啊，御門大叔！」

「別叫我大叔！快點上車，焰！」

焰跳上後座，御門釋天立刻踩下油門。

因為車子突然往前衝而撞到頭的焰有點不高興，然而這並不影響釋天伸出援手的事實。他摸著腦袋隨口道謝後，拿出財務報告書。

釋天以稍微超過速限的速度驅車前進，同時開口對焰說道：

「真是，這狀況已經慢慢演變成例行公事了，大小姐遲早會對你感到厭煩。」

「別說那種話，你喜歡的香菸也是用經費買的吧？我知道你用研究所的名義買了整打的整條七星（MILD SEVEN）。」

「你這笨蛋，那是小費啊！小費！客戶僱用傭兵，怎麼能只給基本報酬！」

御門釋天露出絲毫不感到愧疚的爽朗笑容。

這個叫作御門釋天的男子——名義上是孤兒院的管理人，但真面目是自稱在世界各地遊走的自由仲介人。儘管這頭銜聽來可疑，但是他幫孤兒院找到了出資者，是個相當優秀人脈也廣的傢伙。

在燈號變成紅燈時，焰把視線移向車外。

不愧是黃金週第一天，路上到處都是學生。可以看到很多人都穿著便服逛街。

「……是嗎，已經過了五年。」

「什麼事過了五年？」

「沒什麼。總之請直接前往常去的那家咖啡廳，我會在那裡迅速完成報告。」

「好——話說回來，焰。」

釋天透過駕駛座的後照鏡看向焰，語氣也變得比較強烈。

不過猶豫了一會之後，他還是以和平常相同的聲調發問。

「最近……你身邊有沒有發生**不可思議的事情**？」

「——啥？」

焰停下手邊動作，以變了調的聲音回應。

「……呃，具體來說？」

「這個嘛，如果要舉例的話……就是有沒有收到用奇怪方法寄來的信？例如信件從天而降，或是在完全密室狀態的房間裡發生的不是密室殺人而是密室投書事件……或者有三毛貓幫忙把信件咬來之類……」

「你到底在說啥？」

這次焰立刻回答，還懷疑起釋天的腦袋是否正常。

身為十四歲少女的久藤彩鳥講這種話還可以當作是充滿夢想的可愛玩笑，但是發言的人換成一個已經超過三十五歲的大叔，那可就一點也不有趣。以為對方是和彩鳥套好招要戲弄自己的焰原本想再多說些什麼，釋天卻搶先開口：

「不，沒事，如果沒發生任何事情那是最好。但是我想觀察一下狀況，所以預定要在孤兒院住個一星期左右，如果你能幫我安排房間就幫了大忙。」

「…………」

沒想到釋天接下來的發言卻相當正經。

看樣子他真的在擔心會發生什麼「不可思議的事情」。

畢竟釋天再怎麼說也是監護人。既然他表現出這種態度，無論言論本身有多莫名其妙，起碼要認真對應過一次才合乎禮儀吧。

因此焰暫時把資料放到旁邊，啟動一起帶出來的筆記型電腦。連上綜合情報網站後，他緩緩開口：

「御門大叔。」

「我不是說過別叫我大叔嗎？我才三十六歲。」

「是是是，御門先生。雖然這消息好像並不符合你剛剛提到的『不可思議』事件……不過我知道現在世界上出現了一個**根本不可能發生的自然現象**喔。」

「你說什麼？」

「最近的新聞也經常提到吧？那個在南美形成，而且還引起各種傳言的超大型颱風。」

「……超大型颱風？噢，據說這幾天會直接撞上東京的那個？」

「就是那個。其實這個大型颱風具備各式各樣在科學上不可能發生的特性——你看，這網站上還製作了特輯。」

焰這樣說完，開始唸出綜合情報網站上刊登的內容。

——在南美大陸近海形成的二十四號颱風越過赤道北上，在歐洲部分地區造成嚴重損害後，目前強度並沒有轉弱，而是經由東南亞繼續往東前進。預估受災的居民已經超過兩百萬戶。

二十四號颱風原本按照慣例被命名為「西馬隆（Cimaron）」，後來因為該颱風異常的行進路線與國際性的威脅，所以改名為「天之牡牛（Taurus）」並作為固定的專有名稱。（註：Cimaron 的意思是野牛）

預計會在黃金週前半登陸東京，氣象局已經呼籲民眾盡量避免遠行——

焰唸到這邊，停了下來。

「以上就是現今最熱門的不可思議新聞——如何，有參考價值嗎，御門先生？」

「……呃，在其他方面是很有參考價值。不過，這颱風到底有哪裡不可思議？是因為它走了不合理的行進路徑嗎？」

「喂喂，你問這啥問題？南美大陸近海是南半球，歐洲大陸是北半球。換句話說，這個颱風**越過了理論上不可能跨越的赤道**。正常情況下，颱風應該不可能從形成的位置通過赤道吧？」

「是那樣嗎？絕對不可能？」

「**絕對**。」

焰立刻回答並重重點頭，釋天還是抬著一邊眉毛不解地歪了歪腦袋。

「抱歉，我對科學方面實在不太清楚。能不能稍微講解一下呢，西鄉博士？」

「好，我就簡單說明吧。這些會成為考題，你要仔細聽講。」

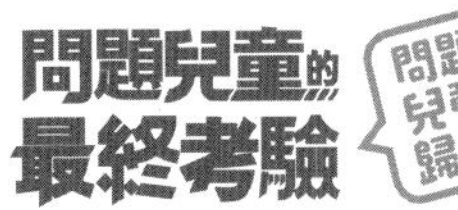

嗯哼！焰咳了一聲後，開始簡略說明現在發生的不可思議事件。

「直接講重點，自然界存在著旋轉的力量，也就是所謂的地轉偏向力（Coriolis Force）——形成漩渦的力量。這種力量在北半球和南半球會分別往完全相反的方向作用，導致海上漩渦與颱風氣旋也一定只會轉往固定的方向。因此，基本上在地轉偏向力不存在的赤道地區不會形成颱風，已經形成的颱風跨越赤道更是讓人完全無法想像的狀況。」

「……哦？也就是說，你認為存在著自然界力量之外的形成原因？」

「雖然是很駭人的推論，但並非完全不可能。基本上這颱風從形成時就充滿謎團，南半球的颱風基本上只會順時針旋轉，然而二十四號颱風『天之牡牛』卻打從形成時就以逆時針方向旋轉。所以猜測此颱風的形成原因是源自於與自然界力量完全不同的力量，是一種很初步的懷疑。」

「嗯……」

釋天把手搭在下巴上，露出銳利眼神。

「……國際間禁止開發氣象武器，你認為是有某處違反了這個禁令？」

「也不是完全不可能。網路上流傳這個颱風是哪個國家製造了氣象武器並進行實驗……我也覺得說不定是相當接近真相的推論。從颱風的持續力、波及範圍以及超越自然界法則的力量中，都可以讓人感覺到某種意志。所以也許是人工製造……或是和某種超常存在有關連。」

「例如……神的力量？哈哈，這可不是身為研究者幼苗的人該講出口的言論呢。」

聽到釋天的挖苦，焰笑著搖頭。

「沒那回事。聽說越是出名的研究者和學者，越常以信仰作為心靈上的依靠。我原本就沒打算不分青紅皂白地否定神明那類的超常存在，更何況——」

焰的視線突然飄向遠方。

他看著冒出新芽的枝葉，喃喃說了一句：

「更何況我們這些『CANARIA 寄養之家的孩子們』……**都不普通**。基本上如果要探討世上是否真有不可思議的事物，我們這些人的存在就等於是不可思議的聚集體吧。」

「……嗯，也對。」

短暫的沉默籠罩彼此。

兩人都暫時無語，在信號轉綠的同時，焰才搖著頭笑了。

「有點走題，總之我知道的不可思議事件大概只有這個。是否有參考價值呢，御門先生？」

「有有有，在各方面都大有參考價值……哎呀，原來如此啊。一旦沒有通過正規的門，會導致星獸以那種形式顯現嗎？」

「啊？」

「別在意，我是在說自己這邊的事情。不過真沒想到世界上出了這種狀況。我曉得有個巨大颱風正在接近，但不知道是路徑那麼變態的颱風……話說回來，你為什麼會這麼清楚？一般來說不會特地去調查颱風的形成地點吧？」

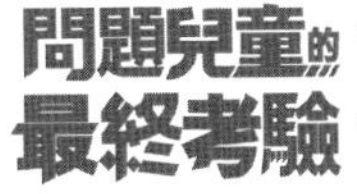

「噢，關於這個……其實這颱風還有另一個奇怪之處，而這個奇怪之處更加強了『颱風是氣象武器』這理論的可信度……你沒聽說這方面的消息嗎？」

「哦？沒聽說，可以麻煩你補課嗎？」

「這麼勤學真是值得嘉獎——其實這是個祕密，據說颱風經過的國家幾乎一定會爆發新種病毒大流行的疫情。」

再度大吃一驚的釋天透過後照鏡望向焰。

御門釋天身為自由仲介人的頭銜並非只是虛張聲勢或隨性胡鬧。他應該是判斷根據狀況與局勢，這件事有可能會牽扯到他的本業吧。

「新種病毒大流行是嚴重事態吧！沒找到治療方法嗎？」

「以現存的方法來說，還沒找到。而且聽說這種病毒不只會感染人體，連植物也會受害。看樣子今年小麥和玉米的市價肯定會暴漲。」

雖然語氣聽來輕鬆，不過先前這番話如果是事實，就成了非同小可的嚴重事件。

既然颱風從歐洲沿岸衝向東南亞，那麼農作物受到的病害將會成為史上空前的規模，甚至有可能引發大飢荒。

「……傷腦筋。真是那樣的話，人類遲早會滅亡。西鄉博士。我等真的已經沒救了嗎？」

「當然是因為還有辦法，我才能如此冷靜——嗯，接下來要進入正題。針對這個尚未確立有效治療法的病毒，說不定能發揮出明顯療效的唯一對策，其實正是我們在研究的奈米機械。」

這句話讓釋天越感興趣。

「哦～意思是要正式開始實用化嗎？但是臨床試驗要怎麼解決？」

「那方面已經解決了。這次的病毒好像與天花相近，但是毒性很強而且擴散速度又太快，所以對方似乎也迫切需要。多虧這樣，我們才能以一般來說根本不合理的速度通過第二期臨床試驗……算了，其實也很有可能是因為 Everything Company 在背後運作啦。」

西鄉焰咧嘴一笑。

——「Everything Company」是第二次世界大戰結束後隨即在西歐成立，目前名列世界前五之內的大型貿易公司。

這種經營範圍遍及電子機械與醫療、美容藥品，能源開發等分野的世界性大企業為什麼會提供資金給西鄉焰所屬的孤兒院「CANARIA 寄養之家」呢——答案在此。

以「轉讓西鄉焰他父親創造出的技術」，以及「負責解析查明已完成的樣品」這兩點為條件，Everything Company 成為孤兒院的出資者。

「原來是這樣嗎……哎呀，所謂不幸中的大幸正是指這種情況。如此一來，你父親的研究之一終於能夠公開。我記得你父親製作的奈米機械是最新式的粒子機器……叫『第三種星辰粒子體（3S, nano machine unit）』對吧？」

「沒錯，但我還沒能百分之百重現出之前完成的樣品，充其量只是讓功能之一得以重現而已。如果換算成進度，頂多只有百分之十吧。」

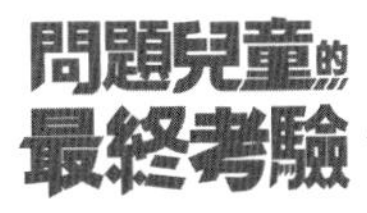

「哦？所以是那個百分之十剛好能夠擊退新種的病毒？」

「不，雖然還不能斷定……但是只要腦內沒有病灶，就算對象換成現有的病毒，應該也能在相當廣的範圍內確認其功效。只要研究再略有進展，我想大概還能用來除去癌細胞。」

焰講得隨隨便便，釋天倒是睜大眼睛感到驚嘆。

「……真的假的？就算是醫療革命也有點太誇張了。」

「我也是這樣想，不過利用奈米機械摧毀癌細胞的方法是滿久之前就已經有人著手的分野。雖然利用祕技讓人有點心虛，但我們目前的確領先一步……話雖這麼說，其實也沒什麼好自鳴得意啦。」

「為什麼？這成就明明非常了不起啊。」

聽到釋天的讚賞，焰搖著頭否定。

「別忘了，我們的目的並不是醫療革命，而是**能源革命**。奈米機械的已完成樣品還有許多未知的部分，更何況——」

焰突然露出自嘲的笑容。

「……更何況，就連重現出樣品的我本身也**完全無法理解樣品的構造**。我掌握的部分只有功能的作用和結果，在做的事情只有畫出設計用圖。要是有死去老爸的論文，大概早就更有進展了吧。」

「——」

聽到他的自嘲，釋天回以苦笑。

剛才的發言話中有話。如果有仔細在聽，一定會忍不住指出其中矛盾吧。

然而釋天卻若無其事地搖了搖頭。

「不過啊，這不是很值得高興的事情嗎？要是按照原本的手續，從通過臨床試驗到普及，不知道得花上十年還是二十年……」

「的確是那樣。畢竟連我一直很想要的最新式電子顯微鏡，也是因為這次的功績獲得認可而願意出借給我——你相信嗎？一個顯微鏡居然就要價二十五億日幣。」

聽到焰說出口的金額，釋天驚訝得瞪大雙眼。

「二……二十五億？喂喂，二十五億的顯微鏡是啥玩意兒啊？難道鏡頭用了鑽石嗎？」

「哼哼，人類智慧的價值可是高過鑽石。就算只是一台儀器，也會被賦予誇張的金額——哇！危險！釋天！」

焰激動大叫。

他們搭乘的車子一右轉進入小巷，立刻有一輛黑色高級車開過來橫在車頭前方，像是故意擋路。這差一點演變成車禍的粗暴行動讓兩人同時咂嘴。

然而明白那輛黑色高級車屬於誰之後，兩人都仰頭望天……其實正確來說，會搭著高級車在這附近出沒的人只有一個。

「……笨蛋釋天，居然被追上了。」

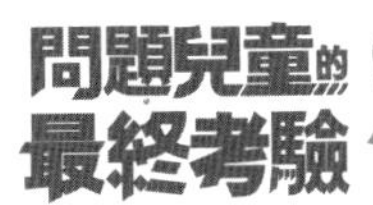

「抱歉，我忘記頗哩提被聘為司機。」

癱倒在方向盤上的御門釋天垂頭喪氣地回答。

一名身穿西裝，白髮褐膚的女性走下高級車的駕駛座，接著打開後座的車門。於是，現場響起如鈴聲般清脆響亮的聲音。

「……今天天氣真好，學長、釋天先生。是個最適合駕車兜風的日子。」

「————」

少女的聲音沉靜又帶著清涼感，宛如風鈴。

明明沒有抑揚頓挫聽起來卻柔和悅耳，大概是因為語調中還是帶著對方特有的親近感吧。嘴邊浮現的沉穩笑容也讓雙唇顯得更加可愛。

——然而，她的眼裡沒有笑意。

翠綠色的眼眸靜靜凝視著焰。

被這對沉靜又有力的雙眼這樣看著，恐怕沒有任何男性能不感到膽怯。以端正姿勢站立並望著這裡的模樣一方面展現出簡直不像是十四歲少女的清正廉明氣勢，同時也釋放出無言的壓力。如果怒氣能被肉眼辨識並進行觀測，大概正如熊熊烈火般往上竄升吧。

——久藤彩鳥，Everything Company 會長的女兒，是和西鄉焰同校的學妹，同時也是他的僱主。

這樣的人物正展現出彷彿隨時有可能出手攻擊的怒意。

面對凶猛的主人，焰只能做好心理準備，乖乖下車。

「……午安啊，彩鳥大小姐。還沒到一小時喔。」

「我不認為目前尚未完成的財務報告書能在一小時後完成，可以推測出其中有什麼隱情……你願意告訴我吧？」

冰冷的視線帶著壓力。這下已經走投無路，無論提出任何理由，恐怕都無法說服她。

既然如此，只能豁出去拚了。管他是會玉碎還是粉碎都無所謂。

焰抬起頭看向天空，拍了拍自己的額頭。然後低下頭像是已經認命。

「對不起，彩鳥大小姐。偷偷用經費購買的孤兒院設備還沒有計算進去。講得具體一點，就是起居室的大型電視那些東西。」

「……然後呢？」

「這一切都是肇因於希望能在家人團聚之處享受到安寧的在下個人欠缺應有的德行。我只是想讓年少組的孩子們能展現笑容，才會一時鬼迷心竅。在此還請大小姐寬大慈悲地放過我一馬，如果您願意幫忙隱瞞，那麼算是欠您兩次人情……不，三次也可以！拜託！要我做什麼都行！」

啪！焰合起雙掌苦苦哀求，難得看到他這麼拚命。

他之所以會這樣，是因為他們的孤兒院「CANARIA 寄養之家」是一個缺乏娛樂的機構。

自從長期使用的三十二吋電視壽終正寢之後，孤兒院內的笑聲明顯減少。焰對這種狀況無法束手旁觀，不得已只好買下那台最新型的五十五吋電視。

彩鳥對這方面的狀況也很清楚，她輕輕嘆了口氣。

「欠三次人情嗎……要騙過敝公司的財會部門，這代價太少。」

「……不行嗎？」

「正確的說法是，無論欠多少次都無法影響財會部門，畢竟那可是最頑固的單位……所以關於這次的人情債，就從我個人的口袋裡出錢買下吧。」

「妳說什麼？」

焰抬起頭。

彩鳥露出淘氣微笑後舉起手扠腰，然後回頭望向那位褐色皮膚的女性司機。

「頗哩提，關於 CANARIA 寄養之家的設備，請處理成是我贈送的禮物。金額應該不低，但是能讓學長欠我個人三次人情的話就算是便宜。」

「啊……等等……」

「謹遵吩咐，大小姐。」

褐色皮膚的女性——被喚作頗哩提的她如此回答之後，俐落地從焰手中搶走財務報告書，塞進車子的行李箱。

彩鳥打開後座的車門，輕拍座位並催促焰上車。

「好啦，那麼我們出發吧。今天學長必須擔任鈴華和我的護花使者，藉此償還第一個人情債。可以吧，學長？」

彩鳥拍了拍座位。真是一波剛平一波又起，居然靠金錢來讓對手欠下人情，不愧是聞名天下的 Everything Company 千金。實在是精彩的高利貸。

如此一來焰已經無計可施。

他第三次仰頭望天，臉上露出苦笑。

「……了解，事情能這樣解決的話，的確算是便宜。」

「一點也沒錯……還有，很抱歉要先斬後奏，但我從今天起要暫時住在孤兒院裡，所以想麻煩學長幫忙安排房間。」

「啥？」焰先看看彩鳥，才看向釋天。

他也提了同樣的要求，難道是最近流行這樣做？

「要住是可以啦，但是釋天從今天起也要來住這邊，沒有空房間了。」

「？不是有一間沒人使用的房間嗎？睡那間也沒關係。」

「呃，可是那房間……算了，也無所謂。」

焰搔著腦袋，似乎很尷尬地應允。

當他正想要上車時，陽光突然暗了下來。

「……咦？居然來得這麼快？」

根據預測，二十四號颱風抵達東京的時間應該是今天晚上才對。焰雖然覺得未免來得太快，不過氣象局的預測和實際情況有個半天左右的落差也是常有的事。

御門釋天卻以嚴峻的眼神觀察天候變化。

「……這可不尋常。」

「會很糟嗎？」

「嗯，會非常糟吧。今天晚上到家之後可別再出門。」

釋天只講了這些話，隨後啟動愛車瀟灑離開，不知道要去哪裡。

焰並沒有很當一回事，只在腦袋角落隨便記下最好要早點回家，就陪著久藤彩鳥和彩里鈴華一起去逛街購物了。

——幾小時後。

山明水秀的景色遭到強烈豪雨和雷鳴的襲擊。

伴隨著雷雲的天色化為雨勢大到甚至阻礙視界的暴雨，在沿海掀起大浪，還導致山間的河川氾濫。氾濫的河川湧出幾乎吞沒下游城鎮的混濁洪水，讓人產生宛如有一條龍現身的錯覺。

養在河邊的家畜連同圍籬一起被沖走，最後消失在水面上。

因為突如其來的變化而陷入混亂的動物們無力抵抗，只能驚慌逃走。然而雷雲彷彿擁有意志，翻滾蠢動後以落雷將逃走的動物們一一劈倒在地。

降臨的這場狂風暴雨，簡直會讓人誤以為是人間地獄。

然而在暴風雨中，卻出現一個瀟灑往前奔馳的男子身影。

（這真是……超乎想像……！）

身穿用來抵擋風雨的服裝，朝著風暴中心前進的男子——御門釋天完全不把從橫向猛烈來襲的狂風當一回事，而是直直瞪著風暴中心。

雷雲像是鎖定目標般地試圖擊中釋天，卻總是差了那麼一點。面對這種每個人都會戰慄驚恐的光景，釋天卻從未減緩腳步。

這也當然，基本上他根本不畏懼這場狂風暴雨。

御門釋天一派泰然地往風暴中心衝刺。

就像是在回應他的鬥志，不知何處傳來猛牛的咆哮聲。

模糊視野裡可見的地平線上閃過一道雷光。因為出現久違的挑戰者，製造出這場不自然暴風雨的罪魁禍首不再隱藏自己的身影。

「GEEEYAAAAaaaa————！」

積雨雲的形狀開始改變。讓人聯想到偶蹄類動物的外型，還有一對昂然聳立勢如衝天的閃電雙角。

已經無法計算全長到底是多少。

畢竟對手**正是積雨雲本身**。

構成暴風雨漩渦的雲層現在化為伴隨著雷光的一頭鬥牛。儘管沒有實體，然而積雨雲聚集而成的巨大牛蹄光是踏出一步就讓大地震動，劃下裂痕。樹木被裂痕吞噬，連柏油馬路也慘遭粉碎。

這副模樣正是神話中描述的星座之獸。

面對即使是修羅神佛也會感到畏怯的天之牡牛，釋天卻不懼怕那充滿威脅的姿態，反而瞪

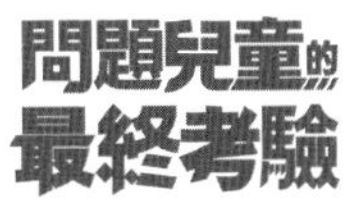

著對方。

積雨雲形成的牡牛發出鬥牛般的咆哮聲，看起來隨時會衝向他。

（好啦……這傢伙真讓人傷腦筋。光以目前來看，成長速度就已經超越真正的「天之牡牛（Gugalanna）」。但是，現在的我能戰鬥到什麼程度呢……！）

御門釋天擺出備戰態勢，迎向不斷翻騰滾動，彷彿具有生命的積雨雲。如果不是眼睛的錯覺，可以看出他全身微微散發出讓人聯想到閃電的光芒。

這光芒讓積雨雲形成的牡牛咆哮得更加激烈。

暴風雨的勢力範圍也更加拓展，準備登陸東京。

*

——西鄉焰、彩里鈴華、久藤彩鳥這三人先逛完華乃國屋書店再隨便吃頓飯，接下來去看了最近剛決定重拍的電影。

看完電影時，天氣已經開始轉壞。

等到他們在日落時分回到孤兒院後，已經陷入窗戶遭到橫向吹襲而來的驟雨狂風激烈拍打，建築物縫隙也到處都在漏水的事態。看到門口盆栽的枝葉整個折斷倒成一地的慘狀，讓他們不得不顧慮起外面東西可能會被吹進來的危險。

先教導年少組如何處理窗戶讓玻璃即使破了也不至於噴得到處都是之後，西鄉焰、彩里鈴華、久藤彩鳥等三人也四處奔走幫忙。

做好防颱準備的三人精疲力竭，隨便吃點東西當晚飯後，才像是緩了口氣般地露出苦笑。

焰打開電視確認颱風的情報。

「這次的黃金週第一天實在糟透了，是這幾年難得碰上的悲慘狀況。」

「沒錯！花壇和盆栽都亂七八糟，肯定只能重種！連緊急用的儲備糧食都全滅了！」

「……原來那些蘆薈是食物嗎，鈴華？」

焰忙著觀看颱風速報，鈴華因為食用植物全毀而開口抱怨。

彩鳥拿著已經空了的茶杯站起，大概是要去沖第二杯吧。目送她離去之後，焰隨口對鈴華問道：

「話說回來，我之前就有點在意……為什麼彩鳥只有對鈴華妳講話時不用敬語？」

「嗯？噢，這件事啊。我們兩個不是都有參加學生會嗎？在學校裡幾乎隨時同進同出，要是講話還那麼見外實在很麻煩，所以我就基於學生會長的權限要求她不可以用敬語。」

「原來如此，果然很有妳的風格。」

彩里鈴華和久藤彩鳥都是學生會的成員。或許會讓人感到難以置信，然而鈴華發揮出的強大實力不但讓她從國中一年級就當上學生會長，甚至還連任三年。這大概也要歸功於她那種跟任何人都能立刻建立起交情的不怕生個性吧。

「看這情況，學校的食育用家畜小屋或許也有危險……」

「對喔，話說起來學校的確有和大學研究所那邊進行產學合作。」

焰以現在才想到的態度喃喃回應。

西鄉焰他們三人就讀的學校——私立寶永大學附屬學園是採用一貫式直升制的私立大學附屬學校。大學校地內另外設置了小學部、國中部、高中部的校舍，並且各自擁有一個操場。雖是這附近數一數二的名校，但因為 Everything Company 也有參與經營，再加上要支援焰的研究，所以安排他們前來入學。

連孤兒院的年少組們也獲得只要能通過小學部考試就可以免除學費的優厚待遇。就算失敗，將來也還能再參加國中部和高中部的轉學考試。這是把焰他父親研究的奈米機械專利權轉讓一部分給 Everything Company 後才爭取到的條件。

至於產學合作，則是高中部、國中部的學生與大學部研究室或 Everything Company 共同進行之產業研究的一環。寶永大學是在日本國內也算數一數二的私立附屬學校，為了讓學生從小培育出具備世界觀的視野，從國中就開始加入產學合作這種教學方式。

以特別資格出入寶永大學研究所的焰，與身為國中部學生會長的彩里鈴華一起提出了畜牧等各式各樣的產學合作方案。

剛剛提到的食育用家畜小屋也是其中之一，而且和焰正在研究的奈米機械也並非全無關係。

「要是動物們逃走，學校方面也會困擾吧。養了什麼？」

「呃……十隻雞和五隻小豬，原本預定順利的話要製作成美味的煙燻火腿和香腸。基本上已經事先補強過飼養小屋……但是沒有預料到風雨會如此猛烈。說不定小屋會被整個吹走，我可以去看一下狀況嗎？」

「嗯，我會帶彩鳥去房間，妳要盡快回來。」

「好！」鈴華回應之後瀟灑跑走。她才剛通過走廊的轉角——**腳步聲突然消失**。

「……居然偷懶，至少從走廊到玄關該用走的吧。」

或許會有人認為讓少女隻身在颱風天出門並不妥當，然而焰並不擔心。因為鈴華在這間孤兒院裡也是特別中的特別。

焰站了起來，直接前往廚房去找彩鳥。

「彩鳥，差不多該帶妳去房間了。」

「啊……好，就是之前提過的房間吧？」

「沒錯。呃，因為那是男生的房間，如果有什麼不便就請多見諒啦……啊，抱歉，有郵件。」

聽到細微的來信提示音，焰打開手機。

在別人面前這樣做似乎欠缺禮貌，但剛剛響的是研究所的聯絡用手機。雖說研究所在黃金週期間也放假，不過也有可能是在強烈颱風中發生了什麼緊急事態。

問題是新收到的郵件卻顯示出從沒見過的寄件者。

（Queen.Hallowe'en@ne.jp……？這是啥？廣告信嗎？）

焰不解地歪著頭，內心嘀咕了幾句。

——這封郵件很可疑。

基本上正如剛才所說，除了研究所的成員，應該只有彩鳥和釋天知道這支手機的信箱。所以這有可能是那種會導致郵件內容外洩的惡意病毒。

要是中了特洛伊木馬之類的典型病毒，可是死了也會被繼續嘲笑的恥辱。焰邊搖頭邊收起手機。

「學長，是重要的郵件嗎？」

「不，只是惡作劇。我帶妳去房間，跟我來吧。」

焰就這樣丟著郵件不管，領著彩鳥移動。

走廊上的窗戶還在嘎吱作響，多少也是因為窗框本身已經老化。這下要是哪天發生地震肯定撐不住。

差不多該考慮整修建築物的問題了……焰邊思考這些事情邊快步前進。

到達目的地的房間後，他拿出鑰匙，同時提起已經離開的房間主人。

「這房間的主人不在，所以不必客氣隨便使用吧。反正那個人也不會回來。」

「怎麼說？」

「那個人本來就很少在家。最後一次回來是在五年前，之後就再也沒出現過……真是，不知道現在在哪裡做什麼。」

臉上掛著苦笑的焰打開房門，含糊地解釋狀況。

——西鄉焰寄身的這間孤兒院「CANARIA寄養之家」的創設，和一名女性與一名少年有關。

女性自稱叫作金絲雀（CANARIA），國籍不明。

雖然不清楚她到底是從哪裡獲得資金與人脈，但金絲雀轉瞬之間就找到十名以上的出資者，創設這間私立孤兒院，打下讓設籍於此的少年少女們能夠接受正常教育的基礎，還一手包辦孤兒院的經營。

然而身為創辦人的這名女性．金絲雀已經在五年前敗給病魔離開人世。儘管無法確定這是否就是起因，原本為數不少的出資者們紛紛抽手。

至於另一名與創設有關的少年則是在五年前的黃金週期間突然失蹤。完全無法掌握他在哪裡做什麼的消息，至今仍舊音訊不通。

一般認為春天是邂逅的季節，對焰和鈴華來說卻正好相反。

從晚春進入初夏的這個時期，經常讓他們經歷重大別離。

「原來是這樣嗎……我不知道這間孤兒院裡曾有那樣的人。我一直以為學長就是最年長的成員。」

「我現在的確是最年長的成員。那個人應該已經成年，我想他一定在國外過著隨心所欲的

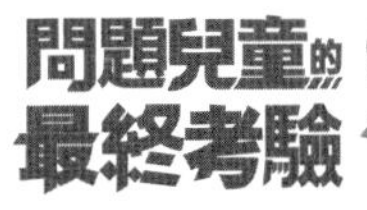

生活。」

「……你沒有想過那個人可能已經死了嗎？」

「？怎麼可能會那樣想。好了，進去吧。」

彩鳥依言進入主人不在的房間。

她原本想像裡面應該積著灰塵，卻發現室內比其他空房間更整齊清潔，讓彩鳥很是訝異。

「……學長，這房間已經五年沒人使用了吧？」

「嗯。不過呢，大掃除時會順便打掃，萬一長霉就麻煩了嘛。」

「可是房間的主人不是下落不明嗎？」

「雖然下落不明，但又不是已經死了。那個人可不是會隨便死在路邊的傢伙，說不定哪天就突然又晃了回來。要是到時發現自己東西不見而鬧起來可沒法對付，畢竟他平常就是個嘴上功夫厲害的麻煩傢伙。」

不過真的很占地方，真希望他快點來把東西拿走……焰沒好氣地這樣說道。

彩鳥露出更加意外的表情，之後她似乎察覺到什麼，換上有點淘氣的笑容探頭看向焰的側臉。

「……原來如此，學長跟鈴華都很喜歡那位大哥哥呢。」

「妳為什麼會得出這種結論？」

「因為怎麼聽都是這樣。一般來說，根本不可能為了不在的人把房間整理得這麼乾淨。而且五年前你們才十歲而已吧？除非把對方當作家人看待關心，否則誰會為了年幼時就別離的人顧慮這麼多呢？」

焰不太高興地把鑰匙放到桌上。儘管對他來說實在深感遺憾，然而實際上鈴華以前和這房間的主人的確相當要好，大概也沒有必要特地強烈否定吧。

這時，他突然注意到放在桌上的貓耳耳機。焰拿起耳機轉了幾圈，臉上露出苦笑。

「……算了，我的確不討厭他。雖然根本無法想像那個人到底在哪裡做什麼……不過畢竟他是個強到誇張的人，我想不會隨便掛掉。」

「強到誇張？」

「嗯。當然，我的意思是**肉體方面的強大**。」

「肉……肉體方面的強大？」

「沒錯，那個人在我們之中也算是格外**特殊**，不是那種可以關在一個小地方裡生活的人。」

是這樣嗎……彩鳥回應得很模稜兩可。

這也難怪。畢竟在這個現代社會中，肉體方面很強大又有什麼用呢？再加上彩鳥還只是少女，對於這話題肯定無法立刻理解。

更何況講到那個人的力量，具備了不親眼見識就無法實際體會的規模。

「先不提這個，學長。鈴華在忙什麼呢？還在忙著防颱嗎？」

「噢，那傢伙去學校了。她說擔心食育用的動物所以要去看一下。」

咦？彩鳥驚叫一聲回過身子。

「……學長，你剛剛說了什麼？」

「啥？我說鈴華她去學校了……」

「你讓她一個人去嗎？在這種狂風暴雨中？」

彩鳥很激動。

這是理所當然的反應。

大雨灌滿路邊的排水溝，淹水已經高達腳踝。狂風把每一個盆栽都吹倒，現在增強到幾乎連招牌都會被吹掉。

每分鐘都出現閃電，雷聲也響個不停。隨時有可能停電。

完全不是少女能單獨出門的狀況。

然而焰卻沒有表現出慌張態度，而是搔著腦袋煩惱該怎麼說明才好。

「啊……我明白妳的意思，但是那傢伙沒問題。那個，妳也知道吧？基本上這間孤兒院的成員都很**特殊**，鈴華更是其中的 Special。所以根本不必擔心——」

下一瞬間，彷彿會撕裂夜幕的轟隆聲響傳進孤兒院裡。

兩人差點誤以為那是雷聲，但發現建築物本身在略微晃動後，他們立刻察覺剛剛的聲響其實是爆炸聲。

「剛剛的爆炸聲……好像來自學校那邊。」

「釋天先生呢?釋天先生現在在哪裡?」

彩鳥抓住焰的手,似乎滿心焦躁。

焰雖然嚇了一跳,還是很快恢復冷靜拿出手機。釋天的確很有可能知道什麼消息。

「他說有急事,出去之後一直沒回來。不過天氣糟成這樣,應該沒有去到多遠。我想只要聯絡一下就可以馬上找到人。」

「不……不好了……!鈴華有危險!」

話聲剛落,彩鳥就一直線衝向玄關。

正在打電話給釋天的焰也追了上去,彩鳥的速度卻快得不尋常。焰才剛衝過走廊,她已經打開玄關大門衝了出去,甚至連門都沒關上。

焰切掉一直無人接聽的電話,狠狠咂嘴。

「混帳!彩鳥大小姐是在想什麼啊!」

他開始思索彩鳥最後的發言是什麼意思。

——從今天早上起,彩鳥和釋天的言行就很奇怪。

可以感覺出他們都在警戒某種不確定是什麼的對象,但看樣子兩人的目的並不相同。想來彩鳥也是判斷一般事態靠釋天一個人就足以因應,所以才會一時掉以輕心吧。

總之毫無疑問,兩人藏著什麼祕密。

焰拿出放在玄關的雨衣,趕往彩鳥和鈴華的身邊。

＊

——私立寶永大學附屬學園正門前。

外面的風雨誇張到超乎預料。

交通系統已經全面癱瘓，大馬路上別說車子，連人影都看不到一個。降雨量超過道路排水功能的容量上限，雨水滿溢而出，水位甚至淹沒鞋子到達腳踝。

奔跑的雙腳因為受到積水糾纏而特別沉重，但現在不是在意這種事的時候。

喘著氣往前跑的焰總算到達學校正門。

（飼養小屋是在校舍旁邊吧？希望食育動物也是養在那裡。）

現在是晚上，警衛已經回家。但是再怎麼說也不可能從正門進去。

焰在狂風暴雨中穿過學校的後門。

被修剪整齊的校內行道樹被暴風吹歪，新長出來的葉子掉了一地。

差點被暴風雨吹走的焰好不容易靠近飼養小屋——這時，卻聽到好像有動物在吞食獵物的聲音。

（……剛才的聲音是怎麼回事？）

聽起來很噁心。

那不是雨聲，絕對不是那種具備清涼感的聲響。

如果要比喻——就像是含有水分的沒熟絞肉遭到啃噬。這樣的聲音並沒有被激烈的雨音掩蓋，正在不斷響起。

刺耳又讓人不安的聲音讓焰提高警戒心。他躡手躡腳地慢慢靠近，躲在校舍後方看向飼養小屋。

於是，他看到有個幾乎蓋住小屋的巨大影子在晃動。

（嗚！）

焰拚命壓抑住驚叫聲躲回校舍後方。沒有直接大叫應該算是表現得很好，也有可能是暴雨聲幫了一個忙。如果換成普通的學生，肯定只看一眼就會腦袋混亂，陷入恐慌狀態。

他目睹的巨大影子就是如此充滿衝擊性。

「Ｇｙａ……Ｇｙａ……！」

貪婪啃噬家畜的怪物發出吼聲。

龐大怪物張嘴直接咬向小豬的背脊，單手就捏爛了五隻雞。照明燈具已經壞了所以無法辨認出明確外觀，但是對方的高度肯定有人類的三倍以上。雖然以雙腳站立，軀幹卻嚴重失衡，看起來似乎是靠瘦弱的下半身來支撐強韌的上半身。

整體呈現出一種顯然無法負荷自身重量的造型。

（喂喂……這未免太超乎想像了吧？）

焰躲在陰暗處觀察身軀巨大的怪物。

儘管因為太暗而無法看清，不過怪物頭上長著兩根角，脖子以上的外型很明顯超出人類的範疇。

（那對角和頭部的耳朵……是牛型怪物？該不會是從哪間研究所逃出來的吧？）

他關掉快門聲，拍下照片。儘管是個很平凡的推理，但只能這樣猜測。

如果彩鳥和釋天是在警戒這個怪物，也難怪他們會含糊其辭。焰自認是個思考靈活的人，但如果兩人事先向他說明世界上存在著這種怪物，焰也不覺得自己真的能夠正確理解。

另一方面，怪物重複著把動物吃下去再吐出來的神祕行動。顯然不是為了滿足食慾，或許只是一種基於本能的動作。

觀察完怪物身影的焰為了和釋天聯絡，打開手機的通訊錄。

這時，小屋另一邊傳來腳步聲。

焰詫異地抬起頭。

在他感覺到有人出現的同時，現場響起尖銳的金屬聲。

「——！」

明明現在下著大雨，眼前卻出現四散的火花。

焰的耳力無法明確分辨，只知道雙方短兵相接的回數是六次。雖然是時間不足剎那的攻防，然而要用來分出彼此勝負已經十分足夠。

身軀巨大的怪物雙腳流血，原地跪下。

依然無法理解發生什麼事的焰驚險地接住那個被怪物打飛，正好摔往自己眼前的人影，然後更是大吃一驚。

「彩鳥……？妳在做什麼啊！」

「我……我才想問這句話……為……為什麼連學長你都……」

「當然是因為妳衝出孤兒院啊！我不是一直強調鈴華不會有問題嗎……！」

彩鳥想要反駁卻無法再多說什麼，只是不斷咳嗽。

「……真是……丟臉……沒想到身體已經遲鈍到連交手十招都辦不到……！」

她似乎很痛苦地扭動身子，就這樣失去意識。仔細一看，彩鳥的側腹有道嚴重的撕裂傷。

看到傷口的深度，焰立刻明白她是因為出血過多而導致休克。

萬一傷口深及內臟，恐怕必須馬上進行手術。

幸好巨大怪物腳上受傷，現在或許能順利逃走。

「要撐到實驗室啊！去那裡就可以幫妳急救！」

明知彩鳥已經失去意識，焰還是拚命呼喚她。沒有反應表示相當危險。

焰背起彩鳥，往校舍的方向奔跑。

然而怪物卻沒有好心到肯放過他毫無防備的背影。

「GEEEYAAAAaaaa——！」

人類語言中樞無法理解的吼叫聲傳遍周遭，即使和聲波武器相比也毫不遜色。破損的飼養小屋被連根拔起後整個彈飛出去，校舍出現裂痕，窗戶玻璃紛紛破碎。連隔了一段距離的焰也被衝擊撞飛，濺起一片水花。幸好正下著大雨，焰也有把雨衣的帽子戴好。要是彼此距離再近一點，鼓膜肯定會被震破。

受到焰倒地的影響，背後的彩鳥發出痛苦呻吟。

「嗚……！」

「抱歉，再忍耐一下就好！」

儘管滿身是泥，焰還是背著彩鳥站起。

擔心傷口進了泥巴會造成不良影響的焰小心翼翼起身，對手卻不允許他如此從容。趁著兩人倒下，龐大怪物已經拖著腳往前邁進。只是往前踏出一步就讓積水往外高高噴起一整圈水花的模樣，完完全全是威脅的化身。

明明怪物腳上的傷勢應該不淺，牠的衝刺卻可媲美戰車。焰立刻跑向附近校舍的樓梯口，打破大門玻璃開鎖。那傢伙如此巨大，想必沒辦法擠進校舍裡。

繼續前進來到接近校舍中央的位置後，焰停下來靠著牆壁，喘了口氣想調整呼吸。雖然彩鳥是個少女，但畢竟是背著一個人奔跑，絕對不是輕鬆的勞動。為了從這裡一口氣衝向研究室，無論如何都得先讓呼吸恢復正常。

——然而他太天真了。

突然，宛如地震般的地鳴聲襲擊兩人。

「GEEEYAAAAaaa——！」

凶猛的咆哮，劇烈的振動。設備突然碎裂四散，簡直讓人誤以為有土石流衝擊樓梯口。最驚人的是，龐大怪物居然把腦袋塞了進來，像是想要窺探內部。

雖然因為軀體過於龐大造成肩頭附近卡住，但一隻手和頭部——牛的巨大腦袋卻彷彿化為鑿岩機，輕易地攪碎校舍的柱子。

比起重機更強韌的手臂光是揮動一下就把鞋櫃一個接一個打飛，瓦礫掉到焰的頭上。

「可惡！這傢伙也太扯！」

焰護住彩鳥讓她不會受到飛散的碎片襲擊，自己的額頭卻被拳頭大碎片打中，流出鮮血。不過並沒有受到更嚴重的傷，一定是因為平時常做善事吧。

但是現在還不能放心，憑那龐大的身軀，怪物應該可以邊破壞校舍邊繼續前進。儘管無法確定牠沒這樣做的理由，然而焰得出一個假設。

（不僅是因為腦袋不好，難道牠還有無視周圍，追逐人類的習性？而且看這個像是牛加人的造型……根本是彌諾陶洛斯吧！）

焰抹去水滴，瞪著牛怪的巨大腦袋。

彌諾陶洛斯——是希臘神話裡登場的半人半獸怪物。焰並不清楚祥細內容，只知道那應該是牛的怪物，會吃掉被當成活祭品丟進迷宮裡的少年少女。

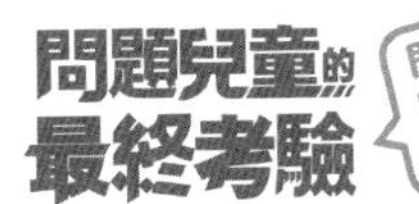

儘管這裡並不是迷宮，但是在這種遭到狂風暴雨籠罩的學校裡被彌諾陶洛斯追殺，簡直像是一場不懷好意的脫逃遊戲。

要是把那傢伙丟著不管，很有可能無法脫身。

焰反射性抬起頭確認周遭，注意到牆上設置的災害用緊急裝置。發生火災或地震等災害時，只要根據狀況輸入安全密碼並拉下旁邊的拉桿，就可以啟動對應災害的設備。

（災害用的緊急裝置……火災用的滅火瓦斯採用了對生物無害的成分，用了也沒意義……不，如果這東西跟研究所那邊是相同的裝置……！）

有一組安全密碼，是用來防止另一種和火災、天災與地震等不同的災害。如果校舍內也配備了那個裝置，或許有機會逃走。

現在沒有時間繼續猶豫。怪物匍匐前進，逐步破壞入口，拓展空間。焰拆掉覆蓋裝置的防護罩，輸入安全密碼後把手放到啟動用的拉桿上。

「拜託要動啊……！」

被焰往下拉的拉桿發出沉重聲響，於是校內各處都傳出某種低沉厚重，像是鐵鎚敲擊地板的聲音。

明白想要的裝置開始運作後，焰轉身背對彌諾陶洛斯，邁開腳步跑向研究室。一注意到他們的背影，彌諾陶洛斯也手腳並用地一直線往校舍內硬鑽。

看來這傢伙果然有追逐逃走人類的習性。焰一邊更加肯定自己的推測，同時衝向通往其他校舍的走廊。

原本以為會被立刻追上，但先前的腳傷似乎還有影響。所以彌諾陶洛斯才會靠雙手爬行，宛如一隻蜈蚣，在校舍裡追殺兩人。跌跌撞撞往前爬的彌諾陶洛斯剛來到一條又長又直的走廊——一塊**巨大的鐵板狠狠砸中**牠的脖子。

「GYa！」

這叫聲並非是因為疼痛，而是因為驚愕與衝擊吧。彌諾陶洛斯把手臂伸進教室裡，於是周遭紛紛落下像是要封鎖教室的隔板，重擊並勒住牠的身體。

「精準命中……！怎麼樣，你這隻牛頭畜生！脖子被厚度五百公釐的特殊隔板卡住，沒辦法隨便掙脫吧！」

焰稍微握拳發表勝利宣言，然後走向防護鐵捲門旁邊，從只能從內側打開的緊急出口逃往外面。這個緊急出口也很快就會被隔板封住。

短短一分鐘後，擋板已經全數關閉，圍住整個校舍。

意識朦朧的彩鳥看了看化為鋼鐵棺材的校舍，喃喃說道：

「……真讓人……吃驚，沒想到我們的學校有這種功能……」

「嚇了一跳吧？寶永大學的研究室裡除了奈米機械，也同時研究特殊微生物，聽說有時候會把天花那類應該已經完全滅絕的病毒祕密帶進研究室裡。這裝置就是用來因應那類研究會引起的生物性危害。」

沒錯——這個事先準備好的系統並不是為了對應火災或天災，而是要抑制人禍造成的損害。肯定沒有人想過這東西有一天會被當成鋼鐵棺材，用來關住彌諾陶洛斯那樣的怪物。

焰重新把彩鳥扛好，轉身背對校舍。

「只要到了第三學研就能幫妳急救。然後在那邊叫救護車，詳情等之後再說。可以吧？」

「……好。可是，那鈴華呢……？」

「我不是說過那傢伙不會有事嗎？抱歉一直瞞著妳，但鈴華跟我這種假貨不一樣，是真真正正的超能力者。就算被困在校舍裡，那傢伙也不會有問題。反而是我們會拖累她——」

這時，大地劇烈搖晃。

雷雲讓天空發出嘶吼。

充滿整個視野的光線讓西鄉焰暫時失去視力，思考也暫時停止。

剛剛的光線與其說是雷光，還不如說是閃熱之類吧。熱波瞬間打消所有風雨喚來寂靜。

從天而降的光源——把厚度高達五百公釐的特殊複合裝甲圍成的鋼鐵棺材當成棉花般輕易撕裂，刺中大地。

（嗚……！）

鋼鐵棺材起火燃燒，大地出現裂痕。

面對眼前實在太超乎尋常的光景，焰倒吸了一口氣，完全說不出話。不只戰車砲，甚至連艦砲都能彈開的特殊複合裝甲被打破的事實確實讓他吃了一驚，然而真正驚人的不是這個。

而是積雨雲在雷鳴後隨即吐出並甩向地面的那把大戰斧。

戰斧散發出的光輝深深吸引住焰的視線。

那東西並非裝飾華麗造型精巧。講到裝飾，只有在戰斧中心鑲嵌著一顆鮮紅色的紅寶石。至於造型也很難算是實用，人類根本無法拿起過於巨大的戰斧。除非好幾個人一起動手，恐怕連要抬起都有困難。

明明是一把極為粗獷的大戰斧——然而刀刃部分卻宛如太陽般光輝耀眼。背後就是正在熊熊燃燒的校舍，戰斧的光輝卻完全沒有因此黯淡衰微。就算焰是個外行人，他也能看出這把戰斧完完全全就是個威脅。無論是彌諾陶洛斯還是颱風帶來的狂風暴雨，和戰斧相比只不過是小巫見大巫。

彌諾陶洛斯從火焰中現身，拿起這把氣勢神聖到幾乎讓人發冷的戰斧。「如虎添翼」這種比喻已經不足以形容眼前的光景，彌諾陶洛斯滿身肌肉的身體獲得數倍的力量，腳上的傷口也瞬間痊癒。

焰基於本能明白不可能逃走後，下意識地護住彩鳥。

即使獵物不再抵抗，彌諾陶洛斯也不會手下留情。

牠扭動巨大身軀，以子彈般的速度往前衝。

西鄉焰瞪著被高高舉起的戰斧——在下一瞬間，做好喪命的心理準備。

——之後。

伴隨著一陣風，那個背影出現了。

「……咦？」

焰抬頭望向眼前的背影，發出變了調的叫聲。

即使用疾風迅雷來譬喻，也無法確切形容那顛覆了剎那死線的速度。靠著遠超過人類知覺速度的迅捷雙腳來到此處的這個男子只舉起一隻右手，就擋下身高恐怕有人類三倍的彌諾陶洛斯揮下的戰斧。

明明連特殊複合裝甲都像棉花般遭到輕鬆撕裂，眼前男子的身體卻晃都沒晃一下，剛強到彷彿斧頭砍中的是崇山峻嶺。如果要比喻，只能形容這光景就像是瀨戶內海內那些即使受到浪花拍打仍舊毅然挺立的堅固岩石。

但是這並非讓焰感到訝異的真正原因。

真正原因是眼前那個比自己高一點，似乎歷經鍛鍊的背影。因為彼此的身高都已經改變，看起來和小時候的印象或許有點差異。

然而就算對方的外表有所改變，焰也不會認錯人。

對方的脖子上掛著五年前應該沒有拿給他的貓耳耳機。

儘管腦袋角落有個念頭，明白能解救自己脫離這個絕境的人只有他；但是焰同時也認為只有這個人絕對沒可能趕來——眼前的背影就是如此不可能存在。

護住西鄉焰的男子——逆迴十六夜擋下戰斧，帶著怒意開口：

「……你這混帳，**想對別人的弟弟做什麼？**」

＊

焰一時愣住，但這狀態只維持了短暫時間。

他對介入他們和彌諾陶洛斯之間的逆迴十六夜發出怒吼：

「你——來得太慢！至今為止都幹什麼去了？十六哥！」

「哼！三年不見，你的第一句話居然是這樣？我才想問你在這種地方做什麼！」

「看也知道吧！正在被牛頭畜生襲擊啊！還有我們五年沒見了，不要連這種事都搞錯，混帳！」

焰連續吼了好幾句話，像是繃緊的情緒終於放鬆。

的確一眼就能看出他們正在遭到怪牛襲擊。

然而十六夜真正想知道的重點並不是這個。

而且還有很多其他想問的事情，只是彼此都清楚目前不是適當時機。雙方迅速簡潔地講完要點後，同時展開行動。

「我來對付這隻牛！你立刻逃走！」

「我是要逃走，但是必須先幫學妹急救！彩鳥的狀況很危險！」

逆迴十六夜疑惑地「啥？」了一聲，回頭看了看。

「……原來如此。妳聽到了吧，鈴華！」

「來了！」

不知從何處傳來彩里鈴華的聲音。

同時，**焰和彩鳥的身影也從現場消失**。

兩人消失後，十六夜像螺絲般扭轉身體，從正面狠狠踢向彌諾陶洛斯的心窩。運用到全身肌肉的轉身踢擊把彌諾陶洛斯踹進正在燃燒的校舍中。這強大的力量不像是人類能擁有的身體能力，然而十六夜並沒有表現出特別自豪的態度，而是大搖大擺地站在原地轉動手臂。

「總算又見面了，金牛宮（Taurus）。居然讓我費了這麼多功夫。」

語畢，十六夜毫無畏懼地衝向熊熊燃燒的校舍。因為他很清楚對方並不是那點程度的攻擊就能擺平的對手。

在視線受到熱氣影響而產生扭曲的狀況下，彌諾陶洛斯發出嘶吼衝了過來。

「GEEEYAAAAaaaa————！」

戰斧劈開火焰，這一擊遠比先前追殺焰時更迅速強韌。恐怕力量的根源並不是怪牛的臂力，而是那把戰斧本身吧。

相較之下十六夜則是赤手空拳。除非直接閃避或順勢化解攻擊，肯定會被打成連五臟六腑也碎裂四散的肉塊。

然而十六夜完全沒有擺出試圖防守的動作。

「哼——有什麼好囂張！」

——他直接，**揮拳打向戰斧**。

「GYa……！」

彌諾陶洛斯第一次發出帶有感情的叫聲。如果能把情感轉換成語言，牠大概是想表示：「怎麼可能會這樣！」吧。再加上剛才發生的事情絕對不是一種比喻，十六夜真的是靠自己的拳頭擋下彌諾陶洛斯以全力揮下的一擊，甚至還反推回去。

「————！」

氣勢遭到壓制的彌諾陶洛斯為了重整態勢，立刻往後跳開。

另一方面，十六夜甩著發麻的手並露出無畏笑容。

「雖然這一擊很了不起，不過很遺憾。正如你掌管金牛宮，我也代為保管著獅子宮。多虧如此才成了這種刀槍不入的身體。如果你無論如何都要用那玩意兒來攻擊，那麼最好是用來當鈍器搥打。」

「……！」

十六夜伸出手指挑釁。儘管牛的表情難以分辨，但對方似乎已經理解。牠重新拿好戰斧，表現出在觀察十六夜行動的態度。

（……？怪了，以前應該沒有知性吧？）

是發生了什麼戲劇性變化嗎——在這段思考得出答案前，彌諾陶洛斯已經發出怒吼，襲擊十六夜。

然而牠並沒有愚蠢到一直重複同樣的斬擊。彌諾陶洛斯往熊熊燃燒的校舍猛衝，活用巨大身軀與戰斧，把周圍的瓦礫全都擊向十六夜。

「哦……！」

這出人意料的戰術讓十六夜忍不住感嘆。火焰形成的子彈帶起先前被砍碎的裝甲鋼板飛向十六夜，恐怕每一個碎片都具備足以破壞建築物的威力。而且這波攻擊的範圍幾乎涵蓋了整個正面，實在不可能避開。

因此十六夜——**決定全都打回去**。

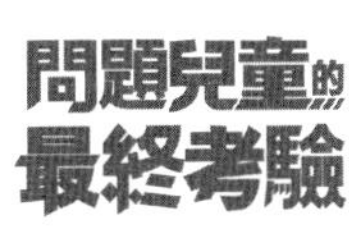

「哼！這又怎樣！」

他大喝一聲，就像是要彈開大浪那般地揮拳打碎瓦礫之牆。

而且不只打碎。

面對正面來襲的所有瓦礫，十六夜使出能把周遭一帶全都擊飛的拳頭來應戰。只要以海嘯反擊，岩石碎浪必定會被吞沒。

瓦礫碎片與炎熱火焰刺中彌諾陶洛斯的全身，牠忍不住發出叫聲。

「GEEEYAAAAaaaa……！」

「很好很好，慘叫得越來越像隻畜生了……真是，老實窩在迷宮深處不是很好嗎？居然做出這種反常行為，甚至跑來外界……而且還偏偏那麼剛好找我的家人下手，到底是什麼意思！」

逆廻十六夜扭著嘴唇露出笑容，他很難得地真正動怒。

然而彌諾陶洛斯不可能回答這些問題，即使嘴巴裡冒出泡沫，牠的鬥志也沒有衰竭。

十六夜也握緊拳頭，進入備戰態勢。

另一方面，西鄉焰與久藤彩鳥來到第三學部研究室的中心。

儘管意識朦朧，久藤彩鳥還是因為剛才體驗到的現象而發出驚嘆聲。

「空間跳躍（Teleportation）……！難道，這是鈴華她……」

「小彩，妳還好嗎！」

彩鳥還沒驚訝完就再度親眼目睹那個超常現象，而且這次是絕對不可能看錯的情況。明明第三學研裡原本只能感覺到焰和彩鳥的存在，彩里鈴華卻突然出現在他們眼前。

「鈴華……妳剛才做了什麼……」

「這些晚點再說！現在要先止血！焰，繃帶會有用嗎？」

「只靠繃帶根本不行！我需要針和消毒液，還有室長桌子底下的那個箱子！」

「了解！針和消毒液是這些？」

醫療用具接二連三憑空出現。看起來是鈴華隨意動動右手後，左手下方就會一一出現醫療用具。

彩鳥更加訝異。

（這……不是普通的空間跳躍……？）

「彩鳥，我要幫妳麻醉然後縫合傷口，所以要把衣服稍微拉開，妳忍耐點。」

這段期間內，焰繼續手腳俐落地急救。確認沒有傷及內臟雖然讓他鬆了口氣，但已經流了太多血。這是因為外面下著大雨，血才會流個不停。

「不輸血不行，要立刻把彩鳥送往醫院，鈴華。」

「啊～……這可能有困難？」

「什麼？」焰詫異地回應。

「……為什麼？靠妳的物體轉移（Apport & Asport）應該很輕鬆吧？只有趁十六哥壓制住那隻牛頭畜生的現在才有機會逃走。」

「我一開始也這樣想……可是我才剛踏出校舍，就遭到落雷狙擊。要不是十六哥出手救我，我可能已經變成焦炭了。」

聽到鈴華這些話，焰露出疑惑表情。儘管心裡半信半疑，但既然會遭到落雷襲擊，就不能隨便離開研究室。

「沒辦法，用造血劑吧。還有另外一個東西，雖然是Everything Company寄放在這裡的貴重研究對象……不過現在是性命交關的狀況，還請您睜一隻眼閉一隻眼了，彩鳥大小姐。」

「……嗯，由學長你決定吧。」

經過這番對話後拿出的東西，是裝有不透明液體的三個圓形膠囊。膠囊表面寫著「第三種星辰粒子體（3S, nano machine unit）」。

（雖說這是僅有三個的貴重「原典（Origin）」，但關係到大小姐的性命，是不得已的選擇。）

焰用針筒吸起其中一個膠囊裡的液體，注射進彩鳥體內。接著把剩下兩個膠囊藏進自己的上衣裡。急救到此暫時告一段落，焰也總算鬆一口氣。

然而還來不及休息，落雷就劈穿了研究室的窗戶。

「嗚……妳們兩個趕緊趴下！」

被打碎的玻璃散落一地。焰有點陷入混亂狀態，但現在沒空混亂。他一邊躲進研究室的桌子下方，同時抬頭看向雷雲並窺視狀況。

這是他在今晚最感到震驚的一刻。

（積雨雲……呈現牛的形狀……！）

空中的積雨雲如生物般翻滾攪動，全長恐怕綿延數十公里。焰沒花多少時間，就明白這種外型與這種現象都是自然界裡不可能存在的事物。而且最糟糕的是，積雨雲形成的巨牛正瞪著焰他們躲藏的研究室，表現出敵意。

「……我的天，看起來真的成了『天之牡牛』啊……！」

二十四號颱風被命名為「天之牡牛」，這諷刺的名字讓焰咬了咬牙。

他拚命地思索對策，然而王牌已經出盡，現在根本無計可施。

當焰正覺得已經走投無路時——彩鳥突然開口：

「……學長，你有收到信件嗎？」

「啥？」

「我是說信件。應該已經寄給你……作為這種情況下的最終脫身裝置……！」

——信件？話說起來從今天早上起，彩鳥和釋天的確都提到同樣的事情。兩人都詢問焰手邊有沒有收到某種「**絕對不可能**」的信件。

「應該絕對……**絕對有寄到才對**。學長已經獲得足以受邀的功績，女王她不可能允許學長因為這種特殊狀況而喪命，想必已經送出了能當成最終手段的邀請函……！」

彩鳥拚命解釋。這時「天之牡牛」的密度更加提昇，看起來即將從天而降。既然找不出其他能逃離此處的手段，焰只能相信她的發言。

他迅速回憶最近發生的事情。

（信件……基本上，所謂「絕對不可能的信件」到底是指什麼狀況啊……！從天上掉下來的信？密室投書？三毛貓幫忙把信咬來？如果我曾經碰上那麼有趣的經驗，怎麼可能會忘記！混帳！）

焰邊自暴自棄邊拚命回想。釋天也就算了，他很清楚彩鳥並不是會亂開玩笑的人。也就是說自己一定已經收到她所說的信件。

問題是無論怎麼回想都沒有印象。講到比較特別的例子，頂多也只有寄件者不明的程度。

然而彩鳥說的不可思議，卻是指那種原本不可能收到的奇妙信件（mail）——

「寄件人是……女王（Queen）？是嗎！是那封郵件嗎！」

只有告知第三學研成員的信箱卻收到了一封寄件人不詳的郵件。焰記得寄件者的信箱應該是 Queen.Hallowe'en@ne.jp。

「可惡！要趕上啊！」

焰拿出手機，檢查收件匣。

帶著巨大積雨雲的「天之牡牛」正在急速往下降。那真的是天塌下來的光景，並非只是一種比喻。好不容易在收件匣中找到那封郵件後，焰根本沒看內容就狂按確定鍵。於是，周圍充滿極光，籠罩住三人。

然而「天之牡牛」卻毫不畏懼，讓積雨雲接觸地面。下一秒，三人原本所在的第三學研就像是發生爆炸那樣整個粉碎，沒有留下任何痕跡。

＊

——急轉直下，西鄉焰等人的視野產生劇烈變化。原本昏暗的夜幕因為燦爛的陽光而消散，一片眩目的世界映入眼簾，彷彿在宣布舞台開幕。

可以感覺到空氣掃過臉頰，急速流逝而去。然而這並不是大風造成。

西鄉焰、久藤彩鳥、彩里鈴華三人……正從距離地面約四千公尺的高空，以自由落體的狀態往下墜落。

「啥！」

「哇！」

「嗚……！」

眼前是一片從未見過的風景。

看起來彷彿高聳入天的大樹。

把樹幹當作棲息處的巨大怪鳥，還有從樹根附近往外發展的水上都市。

儘管因為下墜帶來的壓力而感到不適，但西鄉焰和彩里鈴華抱持著一樣的感想，感受到同等的驚愕。

「這……這裡是哪裡？」

兩人的混亂在此到達頂點，這演變再怎麼說都太出乎意料。最重要的是如果繼續這樣往下掉，顯然會狠狠撞上水面然後立刻喪命。

——然而其實不需擔心。

只有久藤彩鳥很清楚，在來訪者即將到達大地之前，緩衝的恩賜將會發揮效用。

（啊啊……果然，我命中註定要回到這個世界……）

彩鳥獨自一人露出沉穩冷靜的眼神，帶著領悟接受一切。

沒錯——三人被召喚來的世界，正是完完全全的異世界。

第三章

從大樹樹幹流出的大瀑布。

建造在河邊的水上都市。

在天空中往來飛翔的巨大怪鳥。

靠著媲美電腦的超高速思考，西鄉焰一邊斷定眼前的所有光景都「不合常理」，同時立刻開始擬定對策。

（距離地面……約四千公尺！如果空氣抵抗相同，大約九十秒後就會撞擊地面！可惡！來得及嗎？）

處於自由落體狀況的三人持續加速落下。

依舊抱著彩鳥的焰迅速做出決斷。

「鈴華！繼續掉下去撞到地面就死定了！能把我們轉移到河裡嗎？」

「是可以，但或許沒意義！因為我的物體轉移(Apport & Asport)會連物體的動能也一起轉移！」

「這……這我可是第一次聽說啊，姊妹(Sister)……！」

然而仔細思考就知道，這是理所當然的事情。如果流動的能量無法一起轉移，那麼連驅動人體行動的所有力也會被留在原地。

感到理解的同時，絕望也爬上他的背脊。憑彩里鈴華的能力，可以轉移的距離只有一百二十公尺，再考量到重力加速度的影響，就算在剩下最大距離時把一行人轉移到地上，其實也跟直擊沒什麼兩樣。

——還剩下三十秒就會撞上地面。

焰豁出去似的大叫：

「那麼在轉移的同時——**妳能夠改變動能的行進方向嗎？**」

「什……什麼意思？」

「雖然我無法解釋清楚，但動能應該只作用於物體的單一固定方向！那麼**只要改變轉移物體的前進方向**，說不定有機會得救！根據我的預測，那樣做應該可以緩和動能！沒時間了，接下來就交給妳處理——！」

剩下三秒。鈴華舉起右手，按照焰的指示改變轉移的方向。因為是在最後關頭臨時動手所以並不是很順利，但就結果而言，焰的推論是正確的。

被反方向轉移的焰和彩鳥一起從距離水面二十公分的位置垂直往上浮起，上升一公尺左右之後再度往下掉，最後摔進大河裡。

至於鈴華本身則沒有那麼順利，而是往和水面保持水平的方向移動。

「哇啊！」

結果，她就成了打水漂的石頭，邊慘叫邊翻滾彈跳。從肩膀落水並在水面上反彈兩次之後，鈴華很幸運地順勢被推上岸邊。多次的激烈碰撞讓她連連咳嗽，但是並沒有生命危險。

問題是掉進大河裡的兩人。

「嗚……！」

雖然鈴華的轉移沒能完全抵銷力道，但幸好水面下有個**柔軟物體**救了他們。焰感覺那應該是某種生物，不過他無暇確認。

他和鈴華都沒有預想到大河的流速會這麼快，而且還這麼深。如果只有焰一個人或許還有辦法，繼續揹著彩鳥根本無法游到岸邊。

不斷被湍急河水沖走的焰拚命朝著岸邊游。儘管彩鳥已經止血，但依然處於不能大意的狀態。再這樣下去，不知道她的狀況會如何演變。

必須儘快讓她上岸把身體弄乾，然而這種狀況下連焰本身都無法得救。

（水流……太快了……！）

焰連喝好幾口河水，緊咬著牙拚命動著身體。

只要拋下彩鳥或許有機會游上岸，可是那樣做根本沒有意義。因為如果焰會在這裡拋棄彩鳥，應該早就已經動手。他今天一整天都處於瞬息萬變活像是在耍人的狀況下，行動時卻總是盡可能做到最好。

既然這樣，當然不會在最後的最後才選擇放棄。

焰超越極限，擠出全身力量不斷往前划。

在他感到或許必須做好覺悟，眼前也閃過人生跑馬燈的下一瞬間——有個人用力拉住他的手。

（是……是誰……？）

「兩位還好嗎？只差一點點了，請加油！」

是個陌生的聲音，大概是個少女吧。

聲音聽起來像是年幼少女，但是對方的手卻異常有力。完全不把水流湍急的大河當一回事，很快就把焰和彩鳥帶往河邊拉上岸。焰喘著氣在岸邊躺下，感覺土壤的芬芳和陽光的暖意都舒服到簡直是一種諷刺。

——總之，這下終於能喘一口氣。

獲救的安心感讓焰覺得自己的意識正在迅速遠去。

然而他突然想到還沒向那個出手幫忙的人物道謝。於是焰奮力起身，心想至少也要說一聲謝謝。

但是這時，今天最後的驚奇卻襲擊而來。

「是誰……剛剛是誰掉到我的頭上啊啊啊啊啊！」

大河裡冒出一隻超巨大的蛇，原來之前在河裡撞到的東西就是那隻大蛇的腦袋。根本已經沒力氣做出反應的焰只能露出自嘲的笑容。

這下大概只能乖乖被大蛇吞下肚吧……他很乾脆地這樣想著，現場卻突然響起先前那少女的聲音。

「請等一下，白雪姬大人！他們恐怕是剛被召喚來此——」

少女挺身而出，說服大蛇。

在朦朧的意識中，焰抬頭看向救了自己的人。一頭長度及腰的藍色頭髮因為吸了水而變得比較沉重，但依舊會讓人聯想到輕柔的月光。

年紀大概是十二歲左右吧，五官還殘留著明顯的稚氣。儘管焰很懷疑這種年幼小女孩哪來那麼驚人的怪力，然而跟她身上某一部分的異變相比，那只不過是細微末節的小事。

不，該說比起「對方是個少女」這類的情報，其實更重要的是——**她的身體有一部分和人類不同**。

（…………）

頭上冒出的長長突起物（兔耳），短短的尾巴，帶有藍色光澤的長髮。

光是模糊可見的這個身影就已經充滿讓人想吐嘈的地方，然而還來不及開口，焰已經失去意識。

幫助兩人的兔女郎歪著頭把手放到頭上。

「呃……就算是黑兔我也有點弄不清楚狀況，不過看這個貓咪耳罩，把他當成是十六夜先

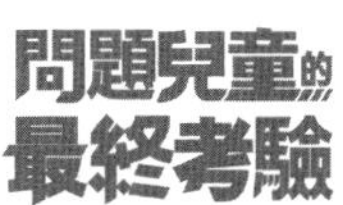

生認識的人應該沒問題吧？」

「如果是的話，倒是相當脆弱呢。算了，也不能丟著不管。」

雙方對著彼此點頭。

大蛇雖然發火，但似乎並不打算把他們抓起來吃了。

於是看起來像兔女郎的少女——自稱黑兔的女孩和白色大蛇就背起焰、彩鳥還有鈴華等一行三人，抬頭看了看天空，然後直直往巨大的大樹下前進。

*

——寶永大學附屬學園國中部校舍的殘骸上。

另一方面，同一時間在學校裡。

「……真的假的？我這輩子應該從來不曾被其他人耍到這種地步吧？」

很久沒有像這樣抱頭苦惱的逆迴十六夜坐在瓦礫堆上。基本上無論遭遇何種事態，他總是以冷靜豁達或粗略隨性的態度來處理，然而這次的考驗（Game）卻逐漸發展成光靠個人力量根本無法對應的規模。

不，如果只比較考驗的威脅度，那麼多的是比這次更艱險的絕境。然而這次的考驗基本上屬於不同的專業領域，甚至可以斷言無論十六夜如何動腦又如何發揮力量，到頭來依舊無法獲得根本性的解決。

「妳打算怎麼辦啊，女王？把彌諾陶洛斯、『天之牡牛』和焰、鈴華等所有人都召喚到箱庭卻只留下我，這下我要怎麼回去？」

沒錯——現在的夜空萬里無雲，彷彿先前的狂風暴雨只是幻影。積雨雲形成的牡牛當然不可能存在，也沒有揮舞巨大戰斧的牛頭怪物。十六夜只能獨自坐在校舍瓦礫上不知所措。

（算了，再怎麼煩惱也是白費力氣。畢竟是這種狀況，應該還有其他地方相連。）

先前往出現兩隻怪牛的南美大陸近海吧。

正當十六夜做出這種結論時——

有個屬於男性的腳步聲邊踢著瓦礫邊靠近。

「喂喂……我還在想『天之牡牛』怎麼消失了，原來是你搞的啊。還真是轟轟烈烈，逆迴十六夜。你知不知道是誰要負責收拾殘局？」

嘴裡咬著香菸的御門釋天（MIKADO TOKUTERU）露出苦笑。

十六夜看到御門釋天，驚訝地開口：

「……實在驚天動地，哎呀，真的讓人大吃一驚，我可沒聽說最強的軍神大人來了。這次的事態真的這麼嚴重嗎，帝釋天？」

「我叫**御門釋天**。在箱庭時還可以說是在開玩笑來掩飾過去，但在外界可別再叫錯了。不然**會被其他傢伙發現**。」

帝釋天帶著一點焦躁制止十六夜。儘管不確定他是在警戒什麼，不過既然有某種理由，的確該自我克制。

十六夜聳聳肩繼續發問：

「那麼，我想確認一下最關鍵的狀況到底怎麼樣了？既然你展開行動，那麼應該沒有必要連我也前來外界吧？」

「不，我們有其他任務，這次能插手的只有最低限度的善後處理……其實比起颱風造成的損害，病毒的問題更加棘手。」

「哦？病害果然很嚴重嗎？」

「不光是嚴重而已。這次『天之牡牛』散播的病毒不僅會危害動物，連植物都會受到感染。幾個月後，小麥和玉米的價格大概就會開始高漲。某些地域將會發生飢荒，那樣一來，說不定會演變成國際性的通貨問題。」

聽了釋天的發言，十六夜的眉頭鎖得更緊。

「……這可不是開玩笑的，沒問題嗎？」

「算是有問題吧。如果是平常，可以運用我們的權能來乾脆解決……不過這次的事件關係到太陽主權戰爭，使用神靈的權能進行干涉會被判定是違規行為。所以就算我能負責善後處理，但無論用什麼形式都好，這次都必須靠人類的力量來破解遊戲。」

「嗚喔，真的假的？」

十六夜的身體晃動幾下，像是在強忍笑意。居然碰上這麼多不利條件，真不知道除了笑之外還能怎麼辦。

他站起來伸了個懶腰，抬起頭看向夜空。

「打倒那些怪牛算是我的工作，但除此之外的問題要由誰來解決？農耕方面的病害可不是我的專長喔。」

「放心，那方面已經由焰找到對策。」

「啥？」十六夜發出驚訝到走了調的聲音，大概是因為他無法理解為什麼這時會提到焰的名字吧。

「你說焰能解決……等一下，你要讓那傢伙去做什麼？」

「這還是祕密……好啦，倒是你要怎麼辦？現在這樣沒辦法回去吧？要是沒地方可投靠，要不要來我的公司？」

「公司？什麼啊，你還開了公司？」

「嗯，算是為了讓在外界閒閒無事的諸神能排解無聊。兩年前是以自由仲介人的身分進行過各式各樣活動，沒想到意外有趣，一時乘興就得意忘形地開了公司，也就是那種以國際性安全服務為主要業務的傭兵啦。」

「……哦？有賺錢嗎？」

「還過得去，多虧有 Everything Company 這個付錢乾脆的顧客。必須趁著像這樣降天為人時多賺點錢才行。」

御門釋天轉開視線。

如果這番發言是真話，他們可是史上最強的傭兵集團，比任何人都更加可靠。

「你說的 Everything Company 是那間大公司？真有一套，居然能找到人牽線。」

「因為那家公司是……噢，對了，你還沒見過大小姐吧？」

「啥？」十六夜不解地回應。

釋天露出不懷好意的討厭笑容，邁開腳步往前移動。

「總之，最優先任務是掌握現狀。來開場作戰會議，連同今後的事情也一起討論吧。」

「是可以啦，不過要去哪？你的公司？」

「去我公司也行，但那裡很髒。先去 CANARIA 寄養之家借宿一晚，明天再決定方針吧。」

——十六夜挑起一邊眉毛。他看起來似乎有話想說，不過最後還是沒有抱怨什麼，跟在釋天後面。

為了解決問題，兩人開始走向 CANARIA 寄養之家。

這時，十六夜突然抬頭看向天空。

（話說起來……不知道焰他們掉到箱庭的哪裡……？）

＊

——「Underwood 大瀑布」大樹的貴賓室。

被放在稻草床上的西鄉焰因為躺不習慣的床鋪觸感而突然清醒。然而只有意識恢復，身體沉重到沒辦法隨便起身。

（……這裡是哪裡啊？）

他繼續躺在床上，開始確認狀況。

根據身體的感覺來推測，自己大概是睡了半天左右。這種倦怠感並非源自疲勞，而是因為已經有半天都沒有動過身子。

如此一來，只剩下這裡是什麼地方的問題。

抬頭看到的天花板上沒有任何照明器具，只是在木造房間裡有放了一盞油燈。然而這房間還是讓人覺得不對勁，理由是到處都找不到像是接縫處的痕跡。只能推論這看起來就像是挖空大樹樹幹而成的房間。

（話說在空中往下掉的時候有看到一棵大得誇張的大樹，我是被帶往那裡了嗎？）

如果真是那樣，代表此處是大樹內部。

手腳並沒有受到拘束，看樣子的確是個安全的場所。焰為了確認房間內部狀況而把腦袋轉向旁邊，下一瞬間——就在床鋪隔壁發現兩根不自然的突起物。

「…………」

——唰！

伴隨著這種聲音，兩根突起物(兔耳)垂直往上豎起。

睡得迷迷糊糊所以腦袋不太清醒的焰一邊歪著腦袋思考「這啥玩意兒？」，同時伸出手拉扯那東西。

「嘿！」

「呀啊啊！」

床邊傳來慘叫聲，同時還有一個身穿蘿莉塔服裝的兔耳少女跳了起來。

「請……請等一下！如果只是想摸摸看，人家還可以默默接受，沒想到居然在互相自我介紹前就試圖拔起人家的美妙耳朵，這到底是何種心態呢！」

「是好奇心導致的行動。」

「禁止講出這種充滿似曾相識感的隨性發言！」

啪啪！兔耳蘿莉塔少女拿出紙扇打向焰的側頭部。

——嗯，已經不會因此感到驚訝了。

畢竟才剛見識過積雨雲形成的牡牛與長著牛頭的彌諾陶洛斯。

出現一兩個兔耳少女又怎麼樣呢？和那些怪物比起來，長著一根兩根甚至三根四根兔耳朵都算是可愛。

而且感覺不到惡意和敵意，根據這點，可以推測對方似乎沒有和自己敵對的意思。

「呃，首先我想確認一下。救了我們的人是妳……黑兔，對吧？」

「YES！是人家救了各位！」

「是嗎，那麼在此正式道謝。不過我就算了，學妹的情況應該相當危險吧？」

焰不著痕跡地探問另外兩人是否平安。黑兔雖然察覺到焰這個問題並不太善意，還是帶著率直笑容點了點頭。

「是的，鈴華小姐只是頭上撞出了一個腫包，另外一位……彩鳥小姐之前似乎流了很多血。不過處理得很好，所以她現在已經可以起身，似乎外出去散步了！」

聽到黑兔的回答，再看看她那毫無隱瞞的態度，焰整個人放鬆下來像是總算放心。

「……太好了，看來黑兔妳可以信任。」

「YES！請信任人家！……話說起來，現在是否方便請教您的大名？」

「嗯，我叫西鄉焰，請多指教。話說『黑兔』這名字是暱稱？」

「可以說是暱稱，也可以算是本名！所以請不要介意，就稱呼人家為黑兔吧！」

原來如此啊……焰克制住想吐嘈的衝動，點了點頭。如果是文化方面的習慣，那麼自己就不該有太多意見。

他運用稍微恢復清醒的腦袋，冷靜觀察眼前的兔耳少女。

根據身高，可以推測對方大概是十歲左右。不過年紀雖輕，對應卻很得體。

剛剛躺在床上時沒能看清楚，不過她的站姿優美，乍看之下大概會把年齡再往上估算幾歲。還有端正到讓人吃驚的五官也是讓她看來成熟的要因之一，只要再過幾年，肯定會成為一個令眾人驚豔的美少女。

「呃……那麼黑兔，我有很多事情想問，可以嗎？」

「不成問題，不過是否方便先和另外兩位會合呢？」

「當然沒什麼不方便，我還想拜託妳一定要那樣做。」

「YES！那麼我們走吧！」

唰！黑兔伸直兔耳，往外走去。

焰穿起晾在旁邊的上衣之後，也跟在她後面移動。

推測應該也是位於大樹內部的走廊果然同樣是木造空間，還可以感覺到濕度偏高，這點應該不是錯覺。

焰豎起耳朵，就聽到不知來自何處的水流聲。

（木紋看起來類似楠木，可是楠木不可能長到如此巨大。）

這麼一來，果然是有自己知道的自然法則以外的力量在作用吧。

雖然焰的好奇心和童心有點蠢蠢欲動，不過現在還是跟著這個兔耳少女比較妥當。畢竟萬一迷路就糗大了。

看到焰一直保持緊張表情，黑兔嘻嘻笑著回頭。

「嘻嘻，真是讓人家吃驚。聽說焰先生是十六夜先生的家人，沒想到您卻如此安分。不過

一開始人家真的嚇了好大一跳。」

「……妳認識十六哥嗎？」

「YES！十六夜先生和人家是屬於同一個共同體的同志。他被召喚來的時間，差不多剛好是三年前吧。」

三年前——這麼說來，十六夜也說過類似的發言。但是在焰他們的記憶中，逆迴十六夜應該是在五年前失蹤才對。

（是因為連時間流逝的速度也不同嗎……？不過，幸好現在是黃金週，要不然搞不好會演變成失蹤案件。）

算了，畢竟校舍也壞得那麼徹底，黃金週結束後大概還會停課一段時間吧。焰一邊整理繁多的事務，同時繼續在大樹內部往前走。

走著走著，有類似汽笛聲的聲音從大樹牆壁外傳來。

感到意外的焰仔細聆聽後，開口發問：

「剛剛那是……汽笛嗎？這裡有列車？」

「YES！是最近開始普及的精靈列車，您想看看嗎？」

精靈列車——這個陌生的名詞讓焰的好奇心更加不安分。注意到他這種反應的黑兔忍著沒笑出來，然後走向岔路，來到大樹外面。

下一秒——伴隨著一陣涼風，西鄉焰的視野被靜水與深綠色支配。

「哇！」

來自側面的風吹向位於大樹中心，距離地面兩百五十公尺的此處，第二次汽笛聲也同時響起。焰把身子探出扶手，確認下方景象。

於是他更加驚嘆。當初從遠處沒能看清楚，原來這棵巨樹跨越在大河之上。

被吸取上來的河水化為瀑布，化為雨滴，或是化為煙雨，從大樹樹幹往下流瀉回城鎮裡。為了像水車和水式升降機那樣能把那些水作為動力活用，水上都市才會進化成這種型態吧。

只要仔細觀察，可以看到應該是舊都市的遺跡沉在水路底部。

「您覺得重生為水上都市的『Underwood』的景觀如何呢？」

「重生？」

「YES！水樹的大精靈在一年前甦醒後，水樹的降水量也跟著增加。因此十六夜先生等人和其他共同體一起努力推動都市開發，結果就進化成這樣子的景觀！」

「……這都市是十六哥他……？」

看著下方景觀的焰喃喃自語。這時響起汽笛聲，巨大的列車從水中出現。

焰更是驚訝得瞪大雙眼，用力拉扯黑兔的兔耳。

「喂……喂！有火車從水面下出現耶！」

「Y……YES！那是沿著精靈們的通道『靈脈』高速移動的精靈列車。如果您有興趣，要不要去看看呢？還有，可以請您放開人家的兔耳嗎？」

「我要看！現在就去看吧！」

焰似乎很興奮地繼續抓著兔耳，一口氣衝下樓梯。

他跳上途中的水式升降機後，滑車開始迅速轉動，衝向地面的速度快到像是會失速墜落。發出喀啦啦輕快聲響的滑車，還有用來調整速度的水流。

結構本身完全是中世初期的水準，不過的確，在這個擁有清流和大樹的都市裡，這樣的機關已經十分夠用。和過度進化能夠高速移動還不發出任何聲響的現代電梯相比，還是這樣的東西更具備情趣與人情味。

迅速到達地面的焰和黑兔衝出升降機，踏進城鎮內。路上隨處都設置著水路，還可以看到噴水演出會因為光線調節而改變造型的高水準水舞秀。

擺有各式各樣攤位的市場充滿熱氣和人流，可以看到販賣著奇妙裝飾品的店家，還有一些攤位展示著焰從未見過的料理，例如有像是鹿和鳥合體的動物被整隻拿來火烤，讓他的視覺和嗅覺都受到刺激。

在外界也從未逛過這種市場的焰只能張口結舌地說不出話。

於是，人群另一頭傳來他很熟悉的聲音：

「啊，是焰呢，小彩！他總算來了！」

「居然讓女性久等，真是個讓人搖頭的學長。」

鈴華雙手都拿著蘋果糖葫蘆，非常興奮開心，彩鳥手上也有草莓夾心甜蛋捲。兩人一發現焰的身影，就擠進人群往這邊走來。

另一方面，焰的視線依舊被眼前的光景深深吸引，身體也還是僵硬得無法動彈。

黑兔看向他的臉，動了動兔耳。

「焰先生？您怎麼了？」

「呃，不，該說也沒有什麼怎麼不怎麼……還是該說整個世界都只有可以拿來吐嘈的地方……」

依舊目瞪口呆的焰不知道該針對什麼來如何形容，只能喃喃講一些含糊發言。

這多少也是因為他面對這種充滿幻想（不可能）感的光景，思考迴路有點短路。眼前有看起來像是獸人的傢伙在街上闊步，還有只能形容為精靈的小人在噴水旁嬉戲。

目睹這樣的光景，到底該抱著腦袋不知所措呢？

還是該像鈴華她們那樣接受一切，好好享受呢？

看到焰如此煩惱，黑兔動著兔耳笑著說道：

「好了好了，各位應該有很多話要說，不如先去吃午飯吧？」

「……也對，有推薦的地方嗎？」

「這個嘛，現在這季節……火烤整隻櫻見鳥或是佩利冬的火腿搭荷包蛋應該都不錯！」

沒想到世界上有這麼肉食性的兔子。焰越來越想吐嘈，不過肚子的確餓了。

所以最後他決定，就以「先去填飽肚子」作為在異世界的第一個行動。

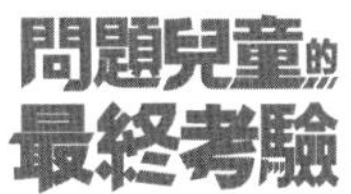

——「Underwood」的水上都市。

「六傷」的庭園餐廳。

在黑兔的推薦下，西鄉焰、彩里鈴華、以及久藤彩鳥三人來到能清楚看見「精靈列車」的河畔餐廳。「精靈列車」每隔十分鐘就會進出水面，露台上因為擠滿想一睹這情景的觀眾而非常熱鬧。桌上有剛送來的火烤整隻櫻見鳥、佩利冬的火腿搭荷包蛋、巨大南瓜歐式冷湯等從沒見過的各式餐點。

然而焰他們卻丟著滿桌菜餚不管，目不轉睛地欣賞「精靈列車」出發的景象。

「喔喔……！」

裝載貨物的「精靈列車」每次發車時都會濺起一陣水花，在河邊形成一道大彩虹。接著，周遭就會傳出歡呼聲。

那燦爛美麗的景觀讓焰更加感嘆。

「喔喔……！」

他和鈴華都從露台欄杆上探出身子，仔細觀察。直到「精靈列車」潛入水底消失後，焰才回到位子上裝模作樣地雙手抱胸。

「……嗯，不錯，還算可以。」

「別騙人了，兄弟（Brother）。你明明看得超開心吧。」

聽到鈴華不以為然地這樣說，焰不高興地拉下臉。

彩鳥輕輕一笑，舉起杯子喝了口紅茶。

「真讓人吃驚。我還以為學長沒有嗜好，原來你喜歡列車。」

「不不，有點不對喔，小彩。焰喜歡的是所有交通工具，以前他還跟十六哥一起組過飛機和汽車的塑膠模型喔。」

「鈴華，妳別多嘴。」

焰的表情越來越不高興。

彩鳥則是更意外地連連眨眼。

他總是整天埋頭研究，很少表現出開心的樣子。彩鳥只知道就算偶爾休假，焰頂多也只會待在孤兒院裡看書。

在旁邊靜靜當個聽眾的黑兔也以充滿興趣的態度豎起兔耳聆聽。

「人家也覺得很意外。剛剛提到的塑膠模型，是指那種組合式的縮小模型吧？人家從來沒聽說過十六夜先生有那種興趣。」

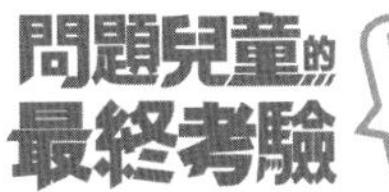

「因為那個人只是陪我而已，我們以前還比賽過誰可以先組好模型……現在回想起來，這是我唯一能贏過十六哥的比賽。」

焰露出笑容懷念過往，不過立刻換上不高興的表情。

鈴華帶著賊笑伸手戳戳焰的臉頰。

「畢竟焰以前總是緊跟在十六哥身後嘛，不過我自己也一樣。他失蹤那時，我心裡真的是百感交集。」

「是那樣嗎？」

「沒錯……是啦，我們也很清楚十六哥遲早會離開，只是真的太突然了。所以啊，讓我們吃了很多苦頭。」

「鈴華。」

鈴華帶著笑容繼續提起往事，焰卻以嚴肅語氣阻止她。

黑兔歪著兔耳，露出看起來頗為正經的表情。

「吃了很多苦頭……意思是十六夜先生把麻煩留給你們處理嗎？」

「怎麼可能是那樣。那個人的確是集合了傲慢、自我中心以及快樂主義等三種缺點的糟糕傢伙……但他並不是那種會把自己引起的麻煩丟給家人去滅火的人。」

「只是十六哥槓上別人的規模真的很大。先是找了唐・布魯諾和丑松老爺子，後來又跟金絲雀老師組成隊伍，到處去向有社會地位的人找碴！還說什麼這是他的興趣。」

「沒錯就是那樣。他本人還宣稱：『強大的力量就是只能針對強者使用，這樣才顯得帥氣！』，實在是個蠢到不行的藉口。而且我記得十六哥的座右銘是……」

「──『上天不會創造出在我之上的人！』」

黑兔忍不住把嘴裡的茶噴了出來。

大概是一方面覺得很有十六夜的風格，但另一方面也認為這座右銘確實很蠢。

「該……該說那實在很符合十六夜先生的特色還是該怎麼說呢？總之，原來他以前在故鄉時也是同樣的生活方式啊……」

「因為十六哥不是會因為生活環境改變就跟著改變生活方式的人──我想黑兔妳應該比我們清楚這點吧？」

「嘻嘻，或許是吧。」

黑兔晃著兔耳，露出讓人感到溫馨的微笑。

雖然彼此都還有話想說，不過光聊這些無法進入正題。

因此黑兔清了清嗓，集中眾人的注意力。

「嗯哼！好的，既然已經吃飽喝足，人家也差不多該向各位說明這個世界──『箱庭世界』的事情了，沒問題嗎？」

鈴華鼓起幹勁說了聲「好」。

焰換上認真態度。

彩鳥繼續保持平靜表情。

獲得三人各有風格的肯定回應後，黑兔拿出一張卡片。

「那麼三位，人家要講出制式發言嘍？要說嘍？好！要說了！歡迎光臨『箱庭』的世界！我等就是想向三位簡報唯有獲得恩賜者才有資格參加『恩賜遊戲』，才會召喚三位至此！」

「……恩賜遊戲？」

「是的！三位想必早就已經察覺自己不是普通的人類！這份特異的力量，是來自各式各樣的修羅神佛、惡魔、精靈和星辰賜予的恩惠。而『恩賜遊戲』，就是使用這份『恩惠』彼此競爭的遊戲。至於這個『箱庭世界』，則是為了讓擁有強大力量的恩賜持有者（Gift Holder）能過得有趣又愉快而創造出來的舞台！」

唰！黑兔豎直兔耳，做出說明。

然而焰和鈴華卻看了彼此一眼，似乎很驚訝地提問：

「咦？等一下。如果沒有那個叫恩賜的東西，就不會被邀請來這個世界？」

「ＹＥＳ！」

「絕對不會嗎？沒有例外？」

「ＹＥＳ！ＹＥＳ！ＹＥＳ♪鈴華小姐您應該對自身的力量也有所認知吧？」

「這個嘛，有是有啦……」

焰和鈴華再度對望。

他們很清楚彼此都很**特殊**，所以這不是該感到驚訝的部分。要說有什麼問題——那就是久藤彩鳥的存在。如果黑兔剛才那番話是真的，她也必須擁有被稱為恩賜的力量，否則不合道理。

「呃……小彩？」

「鈴華，這件事以後再說……黑兔小姐，請繼續說明。我們如果要參加所謂的恩賜遊戲，應該有什麼條件吧？」

「YES！原本要參加恩賜遊戲有個前提，絕對要隸屬於某種組織——也就是箱庭裡為數眾多的『共同體』。」

「是這樣。那麼，贏了的話會發生什麼事？」

「恩賜遊戲的獲勝者可以獲得遊戲『主辦者（Host）』提供的獎品！獎品有貴重物品、土地、利權、名譽、人類……甚至可以拿恩賜作為彼此的賭注。只要從他人手中奪取新才能，就可以挑戰更高難度的恩賜遊戲。只不過，萬一在以恩賜為賭注的戰鬥中落敗，那當然——就會失去自身原有的才能，請事先理解。」

黑兔臉上浮現挑釁笑容。

面對她這種態度，鈴華睜著炯炯有光的雙眼回應：

「哼哼，沒有必要擔心這個！因為我的兄弟（Brother）西鄉焰雖然外表是這副樣子，但在遊戲方面可是強到爆表呢！」

「哎呀，真是讓人期待。因為實力堅強的恩賜遊戲玩家是這個箱庭世界裡的大明星！請各

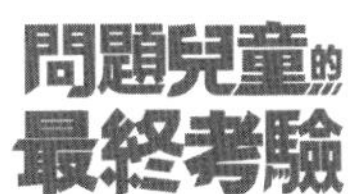

位好好享受♪」

「……嗯，這就以後再慢慢來。倒是恩賜遊戲的主辦者和會給予所謂恩賜的人又是誰？妳該不會要說這裡有真正的神明大人吧？」

「ＹＥＳ！此地是聚集了修羅神佛的箱庭世界！不瞞您說，其實人家黑兔也是佛教故事中的『月兔』之後裔！」

嗯哼！黑兔豎直兔耳，得意地挺起胸膛。

焰和鈴華有些意外地瞪大雙眼。

「我說，焰。我記得『月兔』……是《今昔物語集》裡的佛教故事之一吧？」

「嗯，故事內容應該是在敘述一隻兔子為了幫助一名受傷老人，所以奉獻自身主動跳進火堆裡要給老人吃。還有月面的陰影看起來之所以會讓人聯想到兔子，就是因為帝釋天把那隻犧牲自我的兔子帶去月亮。」

「嗚哇！這不是超有名的故事嗎！原來黑兔妳這麼出名！」

「哎呀，也沒那麼有名啦！畢竟人家只是後裔——那麼講回正題吧。就像剛剛的例子，在外界被昇華成傳說的存在，或是在人類歷史上留下巨大功績的存在，就有資格在這個箱庭世界裡確立起自己的靈格，同時能被授予各式各樣的恩惠！」

「……？對人類歷史有貢獻也符合資格嗎？」

「ＹＥＳ！或許在箱庭裡反而是這種人物占了比較多數。」

——原來如此，焰似乎有些理解地點點頭。

「如果是基於這種條件，我的確有被召喚的機會。」

「哦？您對自身的功績有自信嗎？」

「這個嘛……畢竟不是我個人的功績，所以算是五成自信吧。妳繼續說。」

好的！黑兔伸直兔耳，充滿幹勁。

「那麼回到恩賜遊戲這話題上吧，其實恩賜遊戲可以大略分為兩種。一種是閒著沒事做的修羅神佛打著考驗人類的名義舉辦遊戲。這種恩賜遊戲的特徵是大部分都可以自由參加，然而不愧是由修羅神佛擔任『主辦者』，因此許多遊戲都殘酷又困難，應該也會造成生命危險吧。當然，報酬也相對豐厚。雖然最後還是要由『主辦者』決定，不過獲得新『恩賜』也不是夢想！」

「嗯嗯。那麼，應該也有更普通的遊戲吧？」

「當然有！一般遊戲採用支付籌碼作為參加費後才能參戰的形式。這些遊戲是共同體舉辦的表演活動，也是組織的收入來源。」

聽到這邊，兩人總算露出有興趣的眼神追問詳情。

「既然可以稱為表演活動，表示遊戲內容應該比較偏向娛樂吧？」

「這個嘛，實際上是如何呢？如果不了解遊戲的主旨，也有可能被迫接受對主辦者方比較有利的條件喔。」

「嗯？意思是透過和主辦者方的交涉，能夠在一定程度的範圍內調整遊戲規則嘍？」

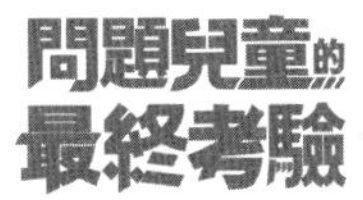

「喔……喔喔……！您真是敏銳，焰先生。是的，那就是被稱為『遊戲掌控(Game Make)』的互動方式。和主辦者方進行交涉或是以集團參加遊戲時，都是不可或缺的技能。」

「原來如此原來如此，這下我懂了。也就是一般來說，所謂的恩賜遊戲是指叫作共同體的組織所舉辦的表演活動或商業行為……那麼，這世界有貨幣和以物易物的機制嗎？」

「ＹＥＳ！買賣行為也和恩賜遊戲一樣廣為發展！」

「我想也是，否則利用精靈列車的流通機制就無法成立。畢竟要光靠遊戲來維持經濟流通是不可能的事情……這樣看來，一邊靠恩賜遊戲來賺取當前的生活費，同時透過買賣來慢慢湊齊日常生活所需才是最理想的方式嗎？」

焰舉起手抵著下巴，思索今後的問題。

黑兔驚訝得睜大雙眼。

「該……該怎麼說呢……沒想到兩位跟十六夜先生完全相反。」

「和十六哥完全相反？」

「ＹＥＳ。得知被召喚來的對象可能是十六夜先生的家人時，人家還提高警覺。不過兩位都是極為優秀的客人……這種優等生的反應真是讓人家放心。」

黑兔摸著胸口像是總算鬆了口氣。

焰和鈴華正好相反，換上有點複雜的表情。

「……基本上我還是問一下好了，那個人是不是在這裡也搞出了什麼事情？」

「那可多了。他在箱庭世界裡恣意縱橫到處遊走率性行動，北至『煌焰之都』，南到『Underwood』，跑遍每一個地方，勇猛果敢地四處興風作浪造成困擾！如果十六夜先生能像兩位如此腳踏實地，人家也不需要……！不需要辛苦到那種地步……！」

蘿莉塔黑兔嗚嗚哭倒。居然讓這麼年幼的少女因為精神上的疲勞而痛哭，真是惡鬼畜生一般的行徑。

「呃……對不起，我們家的十六哥給妳添麻煩了。」

「嗯，不過那個人在孤兒院時也是那種態度──那麼，差不多該進入正題了。」

焰的臉上出現緊張神色，黑兔也端正姿勢準備應對。

先在腦海中總結一連串情報之後，焰才以認真表情發問：

「我開門見山地問吧，有讓我們回到原來世界的方法嗎？」

「……咦？」

黑兔整個愣住。她歪歪頭，表情明顯在懷疑：「這個人在說什麼呢？」

這反應讓焰感到一陣焦躁，他把桌上的餐點往旁邊推，探出身子。

「……我們回不去嗎？」

「啊……不！並不是那樣……可是……咦？怪了？基本上會被召喚來這箱庭世界的對象，應該只有『具備該來理由的人物』才對啊……順便請教一下，邀請函上寫了什麼？」

焰到此才突然想到，那時因為事態緊急，根本沒時間確認內容。

他慌忙拿出手機，找到神祕的寄件人——Queen.Hallowe'en@ne.jp。至於郵件的主旨，則是寫著：

「——第二次太陽主權戰爭　邀請函——」——這些文字。

「怎……怎麼會！」

黑兔一看到液晶畫面上顯示的文字，立刻瞪大雙眼。

「太……太陽主權戰爭的邀請函？為……為什麼來自外界的焰先生會有這種東西？」

「呃……這個妳問我也……」

「學長，還是先確認內容吧。」

焰點點頭同意，於是眾人在彩鳥的催促下開始閱讀這封郵件。

「——第二次太陽主權戰爭　邀請函——

西鄉焰大人鈞鑒：

您已獲得箱庭世界舉辦的『第二次太陽戰爭』的參賽資格。為了取得正賽的參加資格，首先請驅策一隻以上的『黃道十二宮』或『赤道十二辰』之星獸。

討伐目標星獸：『金牛宮』

勝利條件：①討伐『金牛宮』之化身。
勝利條件：②徹底抹滅雷光，讓星辰回歸應有姿態。

※規則概要、舉辦期間：

本遊戲為預賽，因此舉辦期間定為七年。七年的期限過後，將自動判定為在遊戲中落敗。另外無論目標被誰打倒，都會被認定為西鄉焰大人成功討伐，因此請盡量募集協助者，無須顧慮。

※注意事項※

本參賽資格是為了讓西鄉焰大人參加第二次太陽主權戰爭而設置的特別參賽名額。如果做出棄權、放棄、無視等行為，或是在預賽中落敗，那麼將回收西鄉焰大人持有的特別參賽名額以及固有的恩賜『千之魔術（Proto Idea）』，敬請見諒。

此外請注意，在遊戲舉辦期間中無法離開箱庭。若需延長尚有評估餘地，但還請盡可能在期限內達成所有的攻略條件。

謹上

焰才剛看完，立刻用力拍桌提出抗議。

「這……這是在胡扯什麼！」

他的怒吼引起周圍一陣騷動。

用顫抖的手握緊手機後，焰再度閱讀內容。

「說什麼舉辦期間是七年……！還有期間內無法離開？這什麼蠢話！我怎麼可能接受這種條件！」

「焰……你冷靜點。」

「妳要我怎麼冷靜！我……我們回不去的話，孤兒院會如何？Everything Company 想必會中止出資吧！要是演變成那種狀況，孤兒院這次真的會完蛋！」

接二連三的非常事態導致緊張情緒高漲，焰內心的焦躁也因此爆發。

這也難怪。

對於現在的「CANARIA 寄養之家」來說，西鄉焰已經成了不可或缺的存在。萬一他離開七年，毫無疑問資助者將會半途抽手。

鈴華也難得地露出緊張態度，向黑兔發問：

「黑兔，這件事真的沒有別的辦法嗎？即使棄權也無法回去？」

「……恐怕很困難。況且基本上，除非各位已經同意邀請函的內容，否則不會被召喚來箱庭……」

黑兔似乎很歉疚地垂下兔耳。

這時久藤彩鳥終於開口：

「黑兔小姐。根據妳先前的發言，恩賜遊戲本來是只會在箱庭內部舉辦的神魔遊戲……是這樣沒錯吧？」

「咦？啊……是的。」

「但是我們卻在自己的世界裡碰上彌諾陶洛斯那樣的怪物。之所以前來箱庭，也是因為那種別無選擇的事態……所以如果換個講法，我們只不過是被箱庭的遊戲波及，結果只好逃來這裡而已。作為要求讓我們回到原本世界的理由，我認為已經非常充分。」

唔唔唔……黑兔歪著兔耳思考。

久藤彩鳥加強語氣繼續追問：

「而且基本上，為什麼會發生這種事態呢？如果沒有查明這點，我想可能無法找出解決辦法。」

「很……很抱歉，人家對這方面也不太清楚。唯一能推測出的原因，只有這次的事件或許是箱庭舉辦的大規模恩賜遊戲……第二次太陽主權戰爭的預賽發生失控狀況所導致的結果。至於更進一步的消息，人家實在無從得知。」

焰緊咬嘴唇，試圖轉移焦躁情緒。以他的立場來說，好不容易研究總算有了成果，也剛得到能幫助孤兒院改善生活的頭緒。

結果情勢卻突然發生一百八十度的轉變，甚至得面臨存續的危機。也難怪他會感到不甘心。

黑兔垂著兔耳低下頭。

「雖然遺憾，但為今之計恐怕只有先破解這個討伐遊戲。因為無論各位有什麼苦衷，畢竟已經同意邀請函的內容……如果想進行交涉，也必須先破解遊戲。」

「可……可是……就算要我們打倒那種牛怪，也不可能打得贏啊！」

鈴華也忍不住大聲抗議。

昨晚出現的兩隻怪物……都是超越人類智慧的存在，尤其是積雨雲形成的怪牛更是規模大到無愧於「星獸」這個種族名稱的怪物。

完全不是有可能打贏的對手。

如此一來，看起來根本沒機會回到原本的世界。

三人都陷入沉默，這時黑兔突然伸直兔耳開口說道：

「……啊，對了！其實這次的情況不一定得靠武力打倒對方喔！」

「咦？」

「在討伐型的恩賜遊戲中，如果對象是擁有強大力量的敵人，那麼除了武力，還可以另外採用竭盡智慧來取勝的戰法！既然這次的對象是金牛座的化身……例如要對付彌諾陶洛斯，那麼相關傳說裡應該隱藏著能討伐牠的方法！」

唰！黑兔豎直兔耳。

這段話讓焰也恍然大悟，他雙手抱胸。

「是……是嗎？根據妳之前提到的資訊，這個箱庭世界的怪物是傳說化為實體。那麼只要調查彌諾陶洛斯的傳說，說不定可以找出打倒牠的方法……！」

像是總算找到一條活路的焰抬起頭看向黑兔。

「黑兔，妳剛才說過的太陽主權是什麼東西？當成那是具備某種強大力量的恩賜就可以了嗎？」

「YES！在為數眾多的恩賜中，太陽主權被定位為最高等級的恩賜。總共有二十四種，各自能化為強力的武器，也能作為喚出星獸的召喚媒介！」

黑兔豎著兔耳做出說明。

焰陷入思考，似乎是察覺到什麼重點。

「根據邀請函的內容，這場遊戲是和黃道十二宮的金牛宮有關吧？」

「YES！就是這樣！」

「這樣啊，所以才會出現彌諾陶洛斯與『天之牡牛』嗎？的確，如果一切都是恩賜遊戲引起的現象，或許真能說得通。」

焰換上認真的表情，把手搭在下巴上。

臉上雖然呈現不曾表現過的緊張神色，但先前那種失意已不復見。眼中點起智慧光芒的焰迅速在腦中統整到昨天為止的一連串事件。

「颱風……農作物受害……這樣一來，接下來就是飢荒吧。不過這方面已經做好安排，而且臨床試驗已經通過，幾天之內應該會開始散布治療用的奈米機械。那麼問題就是二十四號颱風現在是什麼情況，還有彌諾陶洛斯在哪裡。」

焰邊用手指叩叩敲打桌面邊講出結論。

接著他用力吐出一口氣，儘管冒出一點汗水，還是盡力擠出笑容。

「……好！鈴華、彩鳥！我們說不定有勝算！」

「真的嗎？」

「真的有勝算嗎？」

「嗯，雖然只是偶然，但我把王牌給帶來了。」

聽到焰這句話，鈴華不解地歪了歪頭。

至於彩鳥似乎察覺到什麼，以緊張表情發問：

「學長，難道……你想使用剩下的『原典(Origin)』？」

「只能那樣做吧。雖說研究才進行到百分之十，但『原典』還有存貨，只用掉一個應該沒有問題。剩下的問題是讓我們回到原來世界的手段……黑兔妳有沒有什麼辦法？」

焰轉身看向黑兔。

面對他的視線，黑兔也下定決心。

「……原來如此，人家明白了！既然各位的決心如此堅定，那麼人家也願意竭盡棉薄之力！」

「有什麼辦法嗎？」

「ＹＥＳ！人家建議可以去接觸召喚各位的『萬聖節女王』！」

聽到黑兔講出的發言，焰和鈴華都側了側腦袋。

「『萬聖節女王』……噢，話說起來郵件的寄件人確實是Queen.Hallowe'en。那傢伙就是召喚我們的人嗎？」

「ＹＥＳ！雖然那一位很少在公開場合露面……但一般來說，她擁有黃金般的髮色，被人們稱為『操控世界境界的女王』。」

「操控世界的境界？」

「ＹＥＳ！或者該說是萬聖節祭典神格化之後的存在吧。基本上，請問各位知道萬聖節這祭典具備什麼意義嗎？」

「不，我不清楚詳情。」

焰和彩鳥對望一眼，然後一起搖頭。

那麼，有必要先從這部分開始說明。

嗯哼！黑兔清了清嗓子，挺著胸膛豎起食指。

——所謂的「萬聖節」，是指歐洲曾經實際存在的古代凱爾特民族舉行的太陽崇拜與慶祝收穫祭的宗教儀式。古代凱爾特民族的生死觀對應一整年以來光輝會隨著季節改變的太陽運行，他們把在夏季轉換成秋季的時期開始衰退的太陽視為一種會在冬季死去而後化為新生命重生的存在，並對此抱有崇拜。

古代凱爾特民族相信太陽衰退的境界是十月三十一日，在這一天，世界本身的境界線也會變得不安定，祖靈將從死者之國回到陽世。然而來自死者之國的訪客並非只有祖靈。於是害怕各式各樣的惡鬼羅剎會和祖靈一起來訪的他們就把自身假扮成妖魔鬼怪，藉此保護自己。

「我懂了。意思是那種儀式後來就神格化，成為人們口中能操縱境界的女王？」

「YES！而且特別的是，『萬聖節女王』還是在聚集了修羅神佛的這個箱庭中唯一被稱為『女王』的人物。人家認為她應該知道讓各位回去的手段！還有，其實近期內在這個『Underwood』就有機會謁見女王喔！」

「真的嗎！」

鈴華激動發問，黑兔也豎直兔耳回答：

「YES！此處『Underwood』的水是有名的淨水，聽說很適合用來沖泡女王喜歡的紅茶。為了取得每天只能收取數滴的朝露之水，女王派出的使者每個月都會前來一次。」

「每個月一次……那下次是什麼時候？」

「非常湊巧，應該會在明天晚上到達。順利的話，或許有機會請使者幫忙居中聯絡一下吧。」

聽到黑兔的提案，焰和鈴華帶著變開朗的表情站了起來。

「好，既然方針已經確定，就不能繼續待在這裡。」

「沒錯！得去賺取生活費！」

「……學長，鈴華，你們兩位身上有能夠代替參加費的東西嗎？」

聽到彩鳥冷靜的吐嘈，兩人都沉默不語。

黑兔輕笑著舉起手。

「請放心，既然兩位是十六夜先生的家人，對我等來說就是恩人的家人。參加費用請讓人家從個人口袋裡幫忙支付吧！」

「喔喔！黑兔真是慷慨！」

「不好意思，等我們賺到錢之後一定會還妳。不過首先我想找個比較簡單的遊戲來練習並適應一下，有沒有什麼建議？」

「我剛剛有看到不錯的店喔，兄弟（Brother）！我想那一定是恩賜遊戲的舞台──」

「給我等一下啊啊啊啊啊！」

這時，大河裡突然噴出一道巨大水柱。周圍的觀眾似乎誤以為這是某種表演，紛紛帶著開心笑容拍起手。

不過對於在水柱附近的當事者們來說，事態卻相當嚴重。他們全身都被河水淋濕，而且桌上的餐點也被沖走。

「啊……」

鈴華露出傷心表情，望著還剩下一半以上的各式餐點就這樣隨河水遠離而去。然而從大河中跳出的人物卻對這件事情毫不在意，直接降落到焰等人面前。

「我已經了解事情的來龍去脈！你們這些傢伙的第一場恩賜遊戲，就由我白雪姬負責處理吧！」

「白……白雪大人！您為什麼要用這種沒有意義又造成困擾而且還過於誇大的方式登場呢？」

「雖然我也無法斷定，不過大概是想要帥吧。」

「是啊，學長。畢竟想不到其他可能的理由。」

「居……居然因為這種只是想滿足自我的理由，就犧牲那些看起來很美味的菜餚……！」

「吵……吵死了！這只不過是因為我身為神格持有者之一，當然必須重視第一次印象！要定出上下關係，第一印象不正是關鍵嗎！」

身穿和服的女性……白雪姬齜牙咧嘴地吼著。

她狠狠瞪了焰一眼，就拿出全副敵意伸手一指。

「那邊的傢伙！我就覺得你給人的感覺很相似，看樣子似乎真的是主子的弟弟嘛！」

「主子……？妳是說十六哥嗎？可是鈴華也跟我一樣啊。」

白雪姬疑惑地歪了歪頭。

「……唔？可是**看起來不是那樣**。不過算了，你們這些傢伙好像全都是來自主子故鄉的人們，既然如此，就用你們來洗雪我受到的種種屈辱吧！」

「「「嚴正拒絕。」」」

「很好，這種反應才像是和那個大蠢蛋認識的人！」

這種程度的發展，早在我意料之中！——白雪姬還是非常激動。接著，她以嚴厲眼神看向黑兔。

「黑兔，剛剛的對話我全都聽到了。就算是朋友的家人，在金錢借貸時卻無須負擔代價並非好事。更何況這三人看起來都是年幼小孩，讓他們在這種年齡就可以無償借款恐怕不是正確的教育。」

「怎……怎麼會……！實……實在讓人意外，您居然講出了讓人家完全無法反駁的正論……！」

「真不像是剛剛才給客人造成嚴重困擾的傢伙會說的話。」

焰提出正論吐嘈正論。當然，白雪姬當作沒聽到。

「所以，也為了讓他們累積經驗，就由我白雪姬本人！親自！邀請三人參加恩賜遊戲吧！」

白雪姬咧嘴露出得意表情，黑兔則抱著頭喃喃說著：「人家總覺得白雪大人最近越來越像某個人。」

焰和鈴華歪著腦袋看了看對方，很快得出答案。

「也好，反正還不確定恩賜遊戲到底是什麼東西，以我個人來說是覺得很感謝啦。」

「還有，這次的遊戲可以拿到報酬嗎？」

「當然，我會先準備好珍藏的恩賜。」

白雪姬似乎很愉快地連點頭，於是焰和鈴華也帶著笑容同意。

黑兔內心雖然抱著另有深意的疑問，最後還是嘆了口氣沒多說什麼。

「人家明白了。既然如此，就由人家擔任裁判吧。」

「裁判？黑兔妳可以當裁判啊？」

「ＹＥＳ！雖然外表是這副模樣，但人家其實是被賦予了『審判權限』的『箱庭貴族』！在人家的兔耳能聽見的範圍內，所有人都無法做出違規行為！」

唰！黑兔豎直兔耳。如果此話為真，可以省下懷疑遊戲可能出現不公狀況的心力。之後白雪姬再度跳進大河，以大蛇的姿態現身。

「……好了，都上來吧，我帶你們前去舞台區域。」

「了解！」

「妳可別半路潛進水裡啊。」

鈴華率直回應，焰雖然表現出懷疑態度，但似乎也樂在其中。

至於另一名少女——久藤彩鳥則是和吵鬧的兩人相反，表現得非常冷靜。從旁偷偷觀察她的黑兔開口說道：

「那麼我們也上去吧……話說回來，彩鳥小姐。」

「有什麼事嗎？黑兔小姐。」

「或許是人家多心……但是您以前是否跟人家在哪裡見過面？」

「——……不，今天是我們第一次見面。」

這回答既沉靜又不帶感情，黑兔臉上閃過寂寞的微笑。

「是嗎，那就沒事了——那麼，去參加白雪大人的遊戲吧！」

黑兔轉了一圈站了起來，裙襬也跟著飛揚。

另外三人也充滿精神地起身，開始參觀「Underwood」。

*

——「Underwood 舞臺區域」海駒(Hippocamp)放牧場。

在這個水上的放牧場裡，可以看到美麗水珠反射著光芒，從大樹葉子上往下滴落的光景。

水上零星存在的陸地放養著家畜，應該是不擔心牠們會逃走吧。牛和豬當然不用說，連山羊和

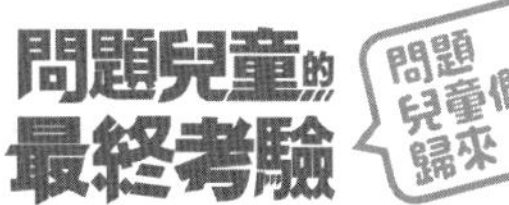

綿羊等會游泳的家畜也因為帶著小羊，再怎麼說也沒有表現出試圖逃走的跡象。

西鄉焰、彩里鈴華、久藤彩鳥等三人開心遊覽並享受眼前風景，之後把視線轉往白雪姬前進的方向。

於是鈴華就像是看到了什麼世界奇觀，張開嘴巴大聲叫道：

「你……你看，焰！那台馬車是不是跑在河面上？」

她抓著焰的肩膀搖晃，再伸手指向水上馬車。那輛馬車的車身呈現浮在水上的形狀——講得直接一點，就像是一艘船。

但是利用的動力並非依賴風吹的船帆，也不是由強壯船夫划動的船槳。

而是由蹄的前方長有魚鰭，在水面上奔馳的海駒——通稱「馬頭魚尾怪（Hippocamp）」的半馬半魚幻獸在水面上優雅移動。

「喔喔……！」

「如何，兄弟（Brother）？船身也很漂亮，真的很了不起吧！」

「嗯，還可以啦。」

「聽你在胡扯！」鈴華忍不住稍微吐嘈。

黑兔輕笑一聲，對彩鳥發問：

「原來焰先生這麼固執啊？」

「平常會比較坦率，因為學長基本上不喜歡表現出孩子氣的一面。」

「哦？意思是孩子氣的一面才是本性嘍？嘻嘻，這一點跟十六夜先生很像。」

「喂！那邊的學妹和蘿莉兔子，我都聽見了。」

焰收起先前的表情，再次皺起眉頭。

彩鳥和黑兔依然嘻嘻笑個不停，反而是鈴華帶著苦笑阻止兩人。

「好了好了。畢竟焰是孤兒院裡年紀最大的成員，負責照顧其他孩子們久了，不知不覺間就變成這種樣子。」

「孤兒院？……咦？怪了？可是焰先生和十六夜先生……」

「沒有血緣關係，只是出身於同一間孤兒院而已。」

「咦？可是……嗯嗯？好奇怪啊？」

黑兔不解地歪歪兔耳又側了側腦袋。

這時正好到達目的地。

「先在這裡下去吧。」

語畢，白雪姬朝著陸地低下頭。四人依序上岸後，白雪姬潛入水中，變成人型才又跳出水面。

「好啦，這一帶正如你們所見，是飼養家畜的區域，也是舉辦遊戲的區域。在到達這裡的途中，你們應該也有看到『海駒（Hippocamp）』吧？」

「嗯，剛好在眼前橫渡而過。」

「唔……？噢，的確是這樣。所以，我想這次就來進行使用水上馬車的恩賜遊戲，你們覺得如何？」

喔喔！焰和鈴華興奮大叫。他們大概沒有料想到對方會準備如此有趣的遊戲吧。連唯一常保冷靜的久藤彩鳥也放鬆表情，展現微笑。

「好像很有趣呢，是要舉行水上競速比賽嗎？」

「要舉行比賽的話，才這幾個人實在太少。不過，這裡會定期舉辦叫作『Hippocamp 的騎師』的有名競速比賽。」

「YES！三年前的遊戲獲得好評，現在已經被視為一種祭典式的定例遊戲。人家偶爾也會被找來擔任裁判。」

「喔～那麼最近會舉辦那遊戲嗎？」

「不會。因為每個月比賽一次，三天前才剛辦完。」

聽到白雪姬的回答，彩里鈴華顯得很失望。

面對喜怒哀樂表現得比自己更明確強烈的少女雖然讓黑兔感到有點困惑，她還是急忙開口幫腔：

「不……不過，接下來要舉辦類似的遊戲吧？」

「嗯，雖然沒辦法集團競賽，但我計畫由自己和你們來一場沿城鎮水路進行的障礙物競速比賽。」

「喔……規模比想像中還大呢，但是私人用途可以這樣利用水路嗎？」

「幸好為了讓『Underwood』的水上都市能安定下來，我曾經協助過許多人，在這裡算是有一定影響力。只要沒有造成困擾，應該不會有人生氣吧——好了，你們先看看這個吧。」

白雪姬以神道動作啪啪拍掌之後，一張羊皮紙從天而降。

「　恩賜遊戲　—『Hippocamp的水上騎師』—

・參加資格：獲得主辦者方邀請的對象。

・勝利條件：比主辦者『白雪姬』更快繞行大樹一周。

・規則概要：

一、參賽者方可以參考地圖並選擇喜歡的路線。

二、主辦者方雖然可以自由選擇路線，但頭部露出水面時必須留在原地不動。

三、參賽者方萬一翻車落水，只要能立刻重整陣容，就可以從翻倒處繼續前進。

四、允許在遊戲中以等間隔妨礙對手。

・參賽者方勝利報酬：主辦者方將贈與恩賜卡一張，並保障食衣住。

・主辦者方勝利報酬：參賽者方必須負責說服逆迴十六夜，讓他針對至今為止的所有無禮行徑鄭重謝罪。

宣誓：發誓將尊重上述規則，基於榮耀與旗幟，舉辦恩賜遊戲。

『No Name』白雪姬　印」

三人大略看完內容後，開口向黑兔提問：

「這是什麼東西？是遊戲規則嗎？」

「YES！這是載明箱庭遊戲規則的『契約文件』。閱讀過內容後如果覺得可以同意，請向主辦者表明各位的意志。」

嗯……焰開始思考。該提出的問題雖然不少，但有一點絕對是必須優先釐清的事項。

「『允許以等間隔妨礙對手』這句，是指**移動距離**？還是**經過時間**？」

「是指經過時間，每經過一段固定時間後，就可以向對方出手。另外，不會告知參賽者方什麼時候是能夠妨礙的時間。」

「……意思是一開始只能被動受到攻擊，再想辦法摸清楚間隔嗎？那麼，妨礙權是否可以累積？」

「不能。如果可以，主辦者方不就沒有優勢了？」

「咦～應該要公平啊。」

「鈴華，主辦者幾乎是無償負起舉辦遊戲的責任，還提供報酬。或許多少有些不公平之處，但是即使扣掉那部分，這場遊戲還是非常寬大親切。」

彩鳥開口勸戒鈴華，其實這點也是讓焰特別介意的部分。

考慮到自己一行人是初次參加遊戲，這種難易度和風險能換來的勝利報酬未免過於優渥。儘管會擔心背後是不是有什麼企圖……不過，其實答案顯而易見。

「……我還是問一下好了，關於這句『必須負責說服逆迴十六夜，讓他針對至今為止的所有無禮行徑鄭重謝罪』……那個人到底做了什麼？」

「——…………說來話長。可以講到太陽下山，『Underwood』的淨水也會被我的怨恨與憤怒染成紅黑色。」

「啊……我懂了。」

「呃……那個……對不起？」

兩人突然覺得滿心歉意。儘管焰等人也經常被十六夜耍得團團轉，但看樣子他給箱庭居民帶來的麻煩高達數倍。

「嗯哼！話題走偏了，總之開始遊戲吧。你們可以使用自己喜歡的水上馬車，再來就看你們能不能找到願意幫忙的『海駒』……」

白雪姬邊說邊看向周遭。

正好這個時候，有一匹「海駒」離開馬群，以驚人的速度奔馳而來。直直衝向這邊的那匹

「海駒」就像是要突擊一般，把腦袋硬塞進鈴華與彩鳥之間。

「哇！」

「你……你是……！」

嚇了一跳的鈴華往後退開，彩鳥輕輕擋下這匹「海駒」後才開始仔細觀察。和其他「海駒」相比，眼前的這匹顯得特別美麗。

結實的藍色身軀經過適當的鍛鍊，取代鬃毛的背鰭呈現半透明的翠綠色。在燦爛陽光的照耀下，被河水浸濕的背鰭看起來彷彿在發光。

鈴華從側面觀察背鰭，直接感受到那絢麗的光彩。而且這匹「海駒」的全身造型也宛如活雕刻，讓她忍不住發出帶著熱意的嘆息。

「真……真的好漂亮……！」

「嗯，雖然我完全不懂馬，但這種駿馬應該很少有吧？」

「沒錯，這傢伙是『海駒』族群之王，叫作修托斯。三年前曾作為女王騎士(Queen's Knight)的戰馬並從軍。」

「女王騎士……就是指那個『萬聖節女王』的騎士？」

「YES！那位騎士大人實力強大也非常勇敢，曾經多次幫助我方。而各位眼前的這匹『海駒』，其實三年前曾在『Hippocamp 的騎師』中和十六夜先生他們爭奪過優勝寶座喔！」

嘶嘶……修托斯以叫聲回應。彩鳥溫柔地摸著牠的脖子下方，似乎很開心地悄聲說道：

「……好久不見了，修托斯。真高興看到你這麼有精神。」

「海駒」修托斯也以聽起來好像很開心的嘶鳴聲回應。

白雪姬裝模作樣地點頭，把「契約文件」和城鎮地圖交給焰等人。

「看樣子準備好了。那麼，訂於明天中午開始比賽，如何？」

「有這些的確算是準備充足——啊，對了，我還想順便再問一件事。」

焰環視周遭，觀察幾輛水上馬車。

接著確認「海駒」修托斯的體型，咧嘴一笑。

「這個水上馬車……由我自己設計也沒問題吧？」

「哦？你這麼有自信？」

「嗯，不如說我擅長的就是這方面。當然，萬一來不及做好，到時我會考慮其他辦法。」

「ＹＥＳ！既然如此，就請焰先生負責設計，再委託樹靈們製造吧！肯定可以迅速完成！」

好！焰似乎很愉快地點了點頭。

看到他那種出乎意料的快活態度，鈴華與彩鳥都強忍住笑意。

隔天早上，逆廻十六夜與御門釋天前往孤兒院附近的法國餐廳，「Don Bruno」。兩人雖然是因為釋天強烈要求想填飽肚子才前來此處，十六夜卻一臉苦澀地瞪著餐廳的門簾。

「……真的要進去？還沒到開店時間耶？」

「沒問題沒問題，唐跟夫人都很寬宏大量，而且料理的美味程度也跟度量成正比。」

「那種事我比任何人都清楚，我可是從小就常來這裡。」

「那不正好？這麼湊巧的事情不會發生第二次，你該多醞釀一點懷念之情啊。」

釋天就這樣直接拽著十六夜穿過門簾。走進店內後才知道，其實內部裝潢的特色是只看樸素外觀幾乎無法聯想到的成熟現代美術風格。

講好聽點是一間具備強烈獨特性的時髦餐廳，講難聽點就是完全只顧個人喜好。

——「想營造出只屬於我的地盤」，這種熱情就是店內設計唯一全面傳達出的訊息。

在這間展現出強烈獨特性的餐廳內，一名長相粗獷的白髮廚師正坐在吧台前邊抽菸邊攤開報紙閱讀。

他露出不高興的表情，看向在開店前一小時就闖入店內的客人。

一看清兩人的模樣，白髮廚師更不悅地咂了咂嘴。

「……今天是什麼鬼日子？才想說很久沒看到人了，結果臭小鬼居然變成兩個。本店恕不接待不懂禮節跟忘恩負義的傢伙。」

「聽到了沒，十六夜。」

「你很吵耶，而且明明有一半是在罵你……算了，我也知道自己忘恩負義。好久不見了，唐·布魯諾。你差不多該戒菸了吧？」

「哼！多管閒事，我現在只是偶爾享受一下而已。」

唐·布魯諾的粗獷臉孔上原本就爬滿皺紋，再鎖緊眉頭就顯得更有魄力。

從正面仔細觀察，可以輕易看出他擁有西歐血統。不過臉上的表情和辛勞刻劃出的痕跡卻會讓人聯想到所謂的日本頑固老爹。

他邊轉著肩膀邊起身，不耐煩地詢問十六夜等人的意願：

「好啦，你們要吃啥？還是老樣子，法式南瓜鹹派就行了嗎？」

「嗯，應該說就是要吃法式南瓜鹹派才對。因為你做的法式南瓜鹹派是法國第一。」

唐·布魯諾哼了一聲，走回廚房。

十六夜和釋天挑了個靠裡面的位子坐下，接著釋天立刻帶著賊笑發問：

「什麼嘛，看起來你們關係很好啊。有什麼原因嗎？」

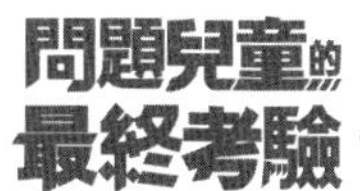

「算是吧，唐是我和金絲雀去西歐旅行時碰上的人。只論認識多久的話已有五年……不，以這裡的時間來說是七年。」

先前的苦澀表情已經徹底消失，現在的十六夜心情很好地望著廚房。雖說釋天與十六夜的交情並不算深厚，但也明白這是罕見的情景。

「如何？進來是正確的選擇吧？」

「你可別搞錯，我並不是不想進來，只是不贊同你的道義理念和信條而已。」

「是嗎？反正我們趕快來討論正題吧……這話只能在這裡說，你對這次的事件(遊戲)了解到什麼程度？」

釋天收起笑容，壓低音調問道。選擇開始營業前的餐廳就是因為不想被旁人聽到吧。十六夜把身體癱到椅背上，雙手抱胸。

「雖然你問我了解多少……不過我三天前才剛被召喚回來，掌握到的情報只有星獸逃走這點程度。我才想問你那邊有沒有聽說什麼？」

「不，什麼都沒。我講過好幾次了，我們前來外界完全是為了別的事情，你可以認定和太陽主權戰爭無關。」

御門釋天斬釘截鐵地回答。既然沒有來自箱庭的情報，很難繼續追查本次事件。

「……嘖，真的是個沒有用的廢神。」

「別那樣說，我自己心裡也有數。」

事情到此已經走進死巷，除非有什麼新的線索，否則無法再有進展。

十六夜看看周遭，拿起唐・布魯諾剛剛在看的報紙，攤在桌上翻看。

找到刊登颱風情報的那一頁後，他指出受災狀況的報導。

「受災居民已經超過兩百萬戶嗎……看樣子那傢伙在人類世界大鬧了一場。要提出這種個人希望雖然讓我心中有愧，不過我還是很想親手收拾這次失敗。」

「我可以理解你的憤怒，不過現在要先研究能讓你回去的方法。外界的事情我們會想辦法處理，既然星獸已經回到箱庭，善後就是我等的職責——」

這時，響起店門被打開的聲音。

有個褐色皮膚的女性從門縫中探出頭。

「不好意思在開店前來打擾，請問釋天在嗎？」

「嗯？噢，原來是頗哩提啊。我在這邊。」

釋天回應那個探頭詢問的女性。

十六夜聽到「頗哩提」這名字後，忍不住懷疑起自己的耳朵。

「頗哩提……『天地一對之地母神（Prithivi Mata）』？喂喂，不只是你（帝釋天），居然連這種大地母神都過來了。再怎麼說也是戰力過剩吧？你們到底在圖謀什麼？」

十六夜講得很不客氣，但頗哩提只是用手搭在下巴上，抿著嘴笑了。

「說圖謀也太沒禮貌了，逆迴十六夜。我們自認只是非常普通地在外界生活而已喔。」

「沒錯沒錯，這傢伙只不過是我公司的員工之一，也是個非常普通的優秀人員。」

「想裝蒜也裝得太假。著名的最強武神眾——護法神十二天有兩人出現在這裡，一般來說都會讓人覺得有什麼隱情。」

聽到十六夜提出的質疑，兩名武神都強忍住笑意。他們都是神靈，還建立起在箱庭眾神中也可名列前茅的共同體。

這個神群名為「護法神十二天」。

主要是聚集亞洲各國信仰的武神們所創立出的最強武神集團。

所謂的「天地一對之地母神(Prithivi Mata)」，是指在印度神群中也很古老的女神之一。

雖然她一般為人所知的形象是從天地分離之時就存在的豐饒女神，然而這點卻不是她靈格的真正面貌。

在人類歷史的黎明期為世界帶來農耕文化的女神——這才是她的真正靈格，也就是擔負起文明開端一角的神靈。在十二天中位居地天，出面收拾這種農耕方面的異常事態也是她的職責之一吧。

「我也聽說過你的英勇事蹟，逆迴十六夜。你在被召喚到箱庭的三年間，打倒了包括拜火教魔王『阿吉・達卡哈』在內的五名魔王，是最新的英傑。」

「我很想說那還真是光榮……不過，那個並不是我一個人打倒的。」

「我知道，只是想表示你的名字經常被當成代表提起。」

「……那樣也有些語病，不過算了。」

十六夜以感到麻煩的態度隨口回應。頗哩提似乎很愉快地嘻嘻笑著，在同一張桌子旁邊坐下後，伸手指向報紙。

「閒聊就到此為止吧，我才剛去確認過『天之牡牛』發威後留下的傷痕。」

「有能力的女性果然就是不一樣，結果如何？」

「形成地點是南美大陸近海，『天之牡牛』從那裡沿著海岸北上，移動到克里特島附近。但是後來似乎並沒有登陸歐洲內陸，而是穿過西亞和東南亞，直奔日本。」

「嗯，這部分跟報導相同。那麼傳聞中的病毒和農耕方面的災情又如何？」

「總而言之，那病毒的感染力實在太強。症狀方面算是連植物也會受到感染的天花吧。」

「天花？但是那種病毒不是已經被徹底消滅了嗎？」

「嗯？是那樣嗎？」

頗哩提很不解地提問，看來她並不熟悉近代史。

尤其是在她支配範圍內的印度曾經有段時期認為罹患天花乃是幸運之證明，也難怪她會感到意外。

十六夜大略地說明了相關資訊。

——天花。

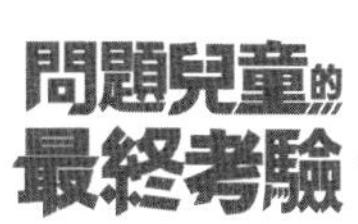

是一種災情可以和黑死病、西班牙型流行性感冒（Spanish flu）等相匹敵，曾造成大量死者的病毒。不僅能透過空氣傳播，也會因為接觸到患者皮膚上長出的膿瘡等而感染擴散，是致死率超過四成的凶惡病毒。據說一旦罹患這種疾病，治癒後皮膚也會留下醜陋痕跡，造成患者身心都受到傷害。在日本比較有名的例子，就是伊達政宗曾因為得到天花而失去一隻眼睛的故事吧。

「當初撲滅天花時採用的方法，似乎是讓患者先感染另一種和天花近似的『牛痘』病毒，並藉此產生免疫力。據說現在天花病毒好像只剩下研究機關裡還有在嚴密保管控制。」

「……哦？講到牛痘，是一種牛會被感染的病毒吧？」

三人「嗯」了一聲，同時陷入沉默。

這次的事件和太陽主權——黃道十二宮有關。

「黃道十二宮」的星獸包括：牡羊、金牛、雙子、巨蟹、獅子、處女、天秤、天蠍、射手、魔羯、水瓶、雙魚這十二個星座。

至於「赤道十二辰」的星獸則是：鼠、牛、虎、兔、龍、蛇、馬、羊、猴、雞、狗、豬等十二種動物。

存在於太陽軌道線上的這二十四隻星獸被統稱為太陽主權。

「這次失控的金牛宮考驗可以大致區分為兩種。第一種是以希臘神話的彌諾陶洛斯為主題的『迷宮怪物』考驗（Game）。」

彌諾陶洛斯——雖然在日本也有各式各樣的作品引用了這隻怪物原本來自流

傳於愛琴海上的克里特島的希臘神話。

根據神話的內容，當時治理克里特島的國王從海神波塞頓那裡得到一頭美麗的公牛並暫時保管，然而國王卻被這頭牛的美麗所惑，違背了和海神之間的約定，把牠占為己有。

憤怒的海神詛咒克里特島的王妃，誘使王妃愛上這頭牛。於是王妃命令國內的著名工匠幫助她假扮成一頭母牛，讓這段戀情得以獲得回應。

結果，王妃生下一個半人半牛的怪物。

這孩子原本借用了祖先的名字而被命名為「阿斯特里歐斯(Asterios)」，後來才改名為「彌諾陶洛斯」。

在國王的詔令之下，彌諾陶洛斯被幽禁於不可能逃出的迷宮，最後被潛入迷宮的英傑「忒修斯(Theseus)」討伐，傳說也在此落幕。

「至於另一種，則是以古代美索不達米亞文明流傳下來的吉爾伽美什史詩為主題的『天之牡牛』考驗(Game)。兩種都是極為強大又十分困難的恩賜遊戲……但沒想到居然會同時舉行。」

尤其是後者的星獸……「天之牡牛」是在現代社會才能夠真正展現威脅力的星獸。史詩中記載，一旦「天之牡牛」降臨於世，就會造成七年的飢荒。

雖然吉爾伽美什史詩裡記載的正式名稱是「天之公牛」，不過恩賜遊戲的名稱大概是受到星座是金牛座的影響吧。（註：日文中的金牛座是「牡牛座」）

十六夜研究到這邊，以突然想到什麼的態度低聲說道：

「暴風雨、天花、飢荒……整體看下來，會讓人覺得目前狀況與其說是『天之公牛』單一的影響，不如說是記載於吉爾伽美什史詩裡的天災全都化為現實。」

「你意思是暴風雨是末世的洪水，天花是魔獸胡姆巴巴（Humbaba）造成的皮膚病詛咒，至於今後可能會發生的飢荒則是『天之公牛』的影響嗎？」

「關於詛咒有不少說法，但認為吉爾伽美什王是死於天花的理論也確實存在。問題是現在這些災害的規模遠比史詩中的記載更為凶惡……」

「這點或許是因為過去和現代的人口比率不同，你可以試著比較分別以古代烏魯克國和現代外界作為遊戲舞台時，兩者之間會有什麼差異。如果要讓傳說成為遊戲的機關並發揮效果，自然會需要這種程度的力量吧？」

「也對，考慮到星獸本來的靈格，擁有這種程度的力量也是理所當然。」

原來如此啊……十六夜雙手抱胸，仔細分析先前的情報。

星獸原本擁有的靈格並非如此，然而舉辦重現傳說的恩賜遊戲時，能發揮出的力量似乎會受到一定的限制。

問題是這次卻在外界失控，帶著巨大力量現身。

「唔……不過如果真是那樣，讓那傢伙回到箱庭其實是件好事。要是那種玩意兒一直待在外界，真不知道會引起多嚴重的災害。」

「我有同感，畢竟外界和箱庭相比實在過於狹窄。」

「只看領土的話確實沒錯。如果『天之牡牛』是重現傳說的恩賜遊戲，應該會持續七年。回顧病毒的感染速度和農作物受到的病害，說不定真的會導致人類滅亡。」

頗哩提這段話讓十六夜皺起眉頭。

「……真的那麼慘？」

「很慘。不只颱風造成的災情，連農作物的病害也很嚴重。我個人預想那個病毒恐怕會在土壤裡殘留一段時間。」

「喂喂，那可不是開玩笑的，病毒殘留在土壤裡可是最糟糕的事態啊！」

「一點也沒錯。我原本以為『天之牡牛』的靈格是旱災，看樣子本質似乎是飢荒。我推測牠大概是判斷若想在這個時代引起飢荒，必須先行扼殺身為根本的大地吧。」

真是讓人心驚膽戰的推論。倘若此話為真，即使認定現階段已經受到毀滅性打擊也不算言過其實。

然而釋天隨便看看表情嚴肅的兩人，就自顧自露出別有深意的笑容。

「別擔心，那方面不成問題。病毒這邊已經靠焰找出對策，他說不消多久就能解決。」

「哦？白天那少年已經找出辦法？」

「你之前也提過這件事，但真的沒問題嗎？」

「嗯，不必擔心。畢竟——噢，抱歉，是上杉打來的電話。」

聽到店裡突然響起的般若心經，連十六夜和頗哩提都忍不住苦笑。

「這鈴聲的品味還真驚人……是說，在護法神十二天的公司裡叫作上杉，難道是……」

「腦筋轉太快可不是好事喔，逆廻十六夜。」

頗哩提露出成熟又俏皮的笑容，豎起手指放在嘴唇前方。

十六夜雖然愣了一下，但很快就聳肩一笑。

「了解，我就當作是神明大人也很閒吧。」

「嗯，尤其是在你打倒『人類最終考驗』之後。」

地母神的輕笑聲裡帶著一絲感謝以及風趣。十六夜原本以為她是個堅毅型的女性，沒想到似乎相當平易近人。

在這種平穩的氣氛中——外表嚴肅的廚師唐·布魯諾端來兩份烤好的法式南瓜鹹派。

「嗯？頗哩提妳也來了啊，早說一聲我就會做三份了。」

「請不必介意，唐·布魯諾。我會接收釋天那份。」

「嗯，盡量接收。反正全都是沒有提早聯絡的釋天不好。」

得到唐·布魯諾的贊同後，頗哩提毫不猶豫地把手伸向釋天那份法式南瓜鹹派。十六夜也發出呀哈哈笑聲，睜著發亮雙眼看向剛烤好的鹹派。

——鹹派是流傳於歐洲部分地區的鄉土料理之一，但並不是所謂的高級餐點。反而在當地應該算是一種民間流行的著名料理吧。

剛烤好的法式南瓜鹹派散發出南瓜的香甜氣味，冒著熱氣的派皮也芬芳誘人，讓十六夜不由得嘆了口氣。

「哎呀……偶爾回來看看其實也不錯。託福，我才能再嚐到世界第一的法式鹹派。」

「耍什麼嘴皮啊，臭小鬼。你這次肯定又帶回什麼麻煩事吧？你自己掛掉是無所謂啦，但可別把孤兒院的其他小鬼們也牽連進去。因為浪子最起碼該有的禮儀，就是即使死了也不能給故鄉添麻煩。」

「……嗯，我會妥善處理。」

十六夜過了一會兒，才把法式南瓜鹹派塞進嘴裡。對他來說這是久違三年的味道，但依舊美味如昔。

——然而正因為味道一如往常，讓他略感苦澀。

一方面覺得要是真能如唐．布魯諾所說，活得那麼帥氣瀟灑該有多好；但另一方面也在內心立下強烈誓言，無論如何都要讓這次的首謀者嚐到一萬倍的苦澀滋味。

「抱歉了，唐。我知道你很會照顧人，所以也有幫忙特別關照孤兒院的小子們吧？」

「……哼，那可不是基於善意的往來。只是啊，在我還清欠金絲雀的債之前都會繼續這麼做。否則等我下地獄時，還不知道會被嘮叨什麼呢。」

唐．布魯諾搔著白髮，走回廚房。

之後，講完電話的釋天回到店內卻看到法式南瓜鹹派幾乎已被掃空，滿臉驚愕。

「喂……喂喂給我等等！我的鹹派呢？」

「感謝招待。非常好吃喔，社長。」

「好吃到如果要給某個不貼心的傢伙吃，感覺有點浪費。」

逆迴十六夜呀哈哈笑著，頗哩提・瑪塔則強忍住笑意。

釋天憤慨了好一陣子之後，才又再點了一份法式鹹派。

＊

——「Underwood 舞台區域」，精靈列車的出入口前。

「……？怎麼覺得變天了？」

到昨天為止還是晴朗的好天氣，現在的天候卻發生戲劇性變化，開始急轉直下。

大樹上空烏雲密布，似乎還可以看到偶爾有閃電劃過。然而城鎮裡卻熱鬧得正好相反，感覺人們正心癢難耐地等待遊戲開始。甚至不知何時連觀眾席都架設好了。

彩鳥露出苦笑，騎到「海駒」修托斯的背上。

「地主們似乎有在招攬觀眾呢，真是讓人佩服的經商熱忱。」

「哦？沒有事先告知我們也不分享報酬嗎？」

「這個嘛……實際上是如何呢？或許是白雪小姐去做了什麼交涉。畢竟這次使用城市水路並沒有付費，至少應該有先去致意一下吧。」

「對了，我想問一下那個白雪小姐的事情。黑兔妳是佛教故事裡的『月兔』吧？那麼白雪姬小姐就是格林童話的『白雪公主』嗎？」

「不，我想不是。」

焰搖頭否定，接著敲敲腦袋像是想起了什麼。

「巨大的蛇，日式風格的和服，還有白雪姬這個名字。我想沒錯，她應該是泉鏡花所寫的戲曲《夜叉池》裡的白雪姬。」

「泉鏡花的《夜叉池》……噢，就是那個吧？以活人獻祭的軼事作為原型的龍神傳說？」

「就是那個。因為她還說過自己是神格持有者，這故事應該比格林童話更有可能是真正來源。」

「這樣一來她就是水神嗎？……真是棘手，『海駒』雖然可以在水面上奔跑，但原理似乎是靠著操控水壓。一旦水面出現漩渦或水柱，都會迫使我們浪費掉一些時間。」

該怎麼辦呢？彩鳥歪了歪頭。

然而焰和鈴華卻互看一眼，咧嘴露出別有深意的笑容。

「別擔心，那不成問題——是吧，姊妹（Sister）？」

「當然，兄弟（Brother）。倒是你那邊的結果如何？」

「哎呀，真是超乎想像。畫好水上馬車的設計圖委託樹靈之後，居然只花一天就製造完成，真是嚇我一跳。而且成品還這麼完美。」

焰拍拍車身。這東西雖然被稱為水上馬車，但實際造型類似不具備動力的木造船隻。至於馬車的座艙部分，也採用了古典又單純的造型。

與其說是馬車，反而更像是在水上滑行的船隻。不過既然要靠「海駒」來拉動，那麼確實可以分類為馬車吧。

這高水準的完成度也讓彩鳥感到很吃驚。

「話說回來，我沒想到真的會先畫出設計圖再從頭開始製造。學長的恩賜還是那麼便利。」

「是吧？不過反過來說，其實我的恩賜也只有這點長處。」

沒錯——西鄉焰的恩賜並不屬於能在緊急時刻發揮作用的類型，而是可以讓持有這恩賜的人重現出自己破壞或分解過的物品，是個相當奇特的恩賜。

雖然根據當事者的說明，他只能釐清構造，無法徹底理解對象物品究竟能有何種功用或帶來何種效果，不過這次的狀況似乎有點不同。

焰伸手摸著車體的木造部分，似乎很愉快地喃喃說道：

「這種叫作水樹的樹木真了不起。加工製造成船隻之後，水的黏性阻力(Viscous resistance)幾乎會完全消失，可以順暢地在水面滑行。而且樹苗似乎還有把水分儲存在根部的力量，考慮到這個箱庭世界的生活水準，即使認定這種樹木是必需品，或許也不算是言過其實吧。」

他抬頭望向水樹，語氣中充滿感慨。

然而彩鳥的表情立刻染上驚愕神色。

「請……請等一下，學長。你到底是從哪裡得到這些知識……？」

「噢，關於這點啊……箱庭的木材和礦物似乎本身就具備各式各樣的力量，所以不需要解體，光是大略看個一眼，就能自然而然地理解這些東西的性質。接下來就以腦袋中的知識作為基礎畫出設計圖，再去委託樹靈們製造水上馬車，大概是這種感覺吧。」

難得有這種機會，真想設計一艘加利恩(Galeón)帆船……焰心情很好地自言自語著。昨天才剛聽說過他喜歡交通工具，看樣子修正成「喜歡製造交通工具」大概才是正確的說法。

但是彩鳥的臉上依舊滿是訝異。

如果焰真的光靠目視就能得出恩賜的情報，這可不是小事。根據成長性，有可能會在掌控遊戲時發揮出超群出眾的稀有性吧。

焰拍了幾下車身，把視線移到鈴華和彩鳥身上。

「不過我能提供的支援就到此為止，後面要拜託妳們兩個。尤其是鈴華，只有這次不必受限，即使在他人面前也可以盡量使用妳的能力。」

「了解！畢竟以後應該不會再有類似的機會吧？其實我從以前就覺得只要一次就好，很想試試看使出全力會怎麼樣。」

「那正好，我也想見識一下鈴華妳使出全力的情況。」

兩人都露出得意的笑容。

只有彩鳥嘟起嘴巴握住韁繩。

「我明白了，我會負責擔任騎師，請兩位專心賣弄陰謀詭計吧。沒錯，萬一碰上什麼狀況，我會只靠自己的馬術來想辦法應付！」

「好啦好啦，我知道小彩妳的馬術很高明。所以主角是小彩，我們兩個則是幕後工作小組！」

鈴華也爬上水上馬車。精靈列車啟程的汽笛聲響起，白雪姬挺起蛇身把巨大腦袋探出水面，俯視三人。

「嗯，看起來你們已經準備好了——那麼再度確認一次規則。首先『精靈列車』出發後，遊戲立刻開始。往左繞這棵巨大水樹『Underwood』一圈，先回到這位置的一方獲勝。水上都市的後方雖然是尚未開發的區域，但還是有狹窄的水路可通過。你們可以選擇喜歡的路線，朝著終點前進。」

「好～！」

「明白了。」

「等等，我想提個問題。在這場競速比賽中，不可以使用衝撞等直接妨礙對手的方法吧？」

「放心，我不會使用那種沒品味的手段，就算用那種方法取勝，也只會引起觀眾的反感吧？就是因為對決時也必須嚴守規則，所以遊戲才顯得神聖——不過，使用自身的恩賜則是合法行為。」

「ＯＫ，聽到妳這樣說，我就安心了。」

雙方各就各位。這裡不愧是水上都市，光是要稍微移動都必須經由浮橋。原本應該會有更多船隻在城裡水路上往來移動，現在多虧有所謂地主的協助，船隻的數量顯得非常稀少。看樣子是恩賜遊戲的門票收入比較有賺頭，焰和鈴華都在心裡想著事後必須去好好索討一筆觀戰費才行。

水面因為「精靈列車」發車造成的震動而不斷搖晃。

彩鳥一邊準備揮動馬鞭，同時專注聆聽。

在卸下貨物的「精靈列車」離開大樹內部並鳴響汽笛的同時，站在遊戲用銅鑼前的黑兔也舉起一隻手，宣布遊戲開始。

「那麼，『Hippocamp 的水上騎師』——現在開始！」

咚——！銅鑼發出巨大聲響，開賽的汽笛聲也同時響起。彩鳥比白雪姬早了一點出發，在起跑衝刺時占得優勢。

水上馬車並沒有車輪，卻能在水面上滑行前進。原本以為起跑時的感覺會更加沉重的彩鳥到此時才回想起船體本身其實是使用水樹的樹幹製成，臉上露出理解一切的微笑。

（滑行比想像中更輕快，稍微亂來一下應該也沒有問題。）

她握緊韁繩，驅策「海駒」。彷彿在回應彩鳥的氣概，對方也高聲嘶鳴加快速度。儘管差距並不多，但已經領先白雪姬一個頭左右的距離。

另一方面，馬車裡的焰和鈴華攤開城市地圖，正在研究前進路線。

「你怎麼看，兄弟(Brother)？一般來說，應該要盡量走內側比較好吧？」

「不，這種想法太簡單了，姊妹(Sister)。水路的確如蜘蛛網般錯綜相連，但是那種船身無法通過的狹窄區段無法使用，萬一碰上妨礙也難以閃避。」

「是嗎，這樣一來該以大型水路為主呢。」

鈴華拿起筆，在地圖上畫出候補路線。雖然事先有和彩鳥討論，但他們並沒有實地勘查過城鎮內的狀況。

三人是在沒有任何當地相關知識的情況下，直接挑戰這場水上競速比賽。因此他們必須儘快掌握城鎮特徵，找出最短路線。

「我想一開始要和白雪小姐保持不近不遠的距離，決定路線後再開始全力衝刺。接下來的問題就是對方會如何妨礙我方……」

「哼哼，我已經看穿你們的想法，小鬼們。但是這種戰術未免太鬆懈了！」

潛入水中的白雪姬大吼。於是水路突然掀起波浪，看樣子妨礙行動正式開始。

在劇烈搖晃的馬車中，焰和鈴華即使撞到腦袋還是努力確認時間。

「現在是遊戲開始後三分！從現在起，每隔三分鐘就會受到攻擊！」

「了解！下次我也會出手，小彩妳要做好心理準備！」

鈴華從座艙內通知彩鳥，不過彩鳥現在沒空回應。

身為騎師的她為了防止馬車翻覆，必須判讀出水面波浪的變化；而且還得繃緊神經，避免自身從馬上摔落。

拉緊韁繩的時機，踩下左右馬鐙時的力道輕重。

彩鳥完美地驅使著只憑一般經驗根本無法培養出的水上馬術，牽引著馬車前進。

（……這真是讓人吃驚。雖說就算是第一次體驗的人也能騎著「海駒」前進，但是沒想到她居然能駕馭得如此完美！）

光靠學過普通馬術不可能有此等水準，看來這女孩並非普通人。水中的白雪姬扭動身軀，彷彿是在表示她的興致已被勾起。

這瞬間，有一波大浪從旁邊急速逼近。

「呼——！」

彩鳥讓自己的呼吸配合海駒，然後移動身體重心，讓海駒能更輕鬆地踏向從右方逼近的大浪。然而光是這樣做，說不定馬車還是會翻倒。

所以她放開握住韁繩的其中一隻手，去撐住連接海駒和馬車的器具，然後對著座艙內的兩人大叫：

「有大浪從右邊接近！請採取適當的行動，撐住車身！」

「知道了！」

話聲剛落，鈴華就把身子探到座艙外，抓住車門上方部分。不知道她想做什麼的彩鳥不由得一時心驚膽跳，然而鈴華的表情卻非常認真。

在大浪到達的同時，鈴華把身體大幅度往後仰成弓形，維持住開始傾斜的車身。

這出人意料的特技讓彩鳥瞪大雙眼，但看到這獨特的動作後，她立刻明白鈴華的用意。

「是嗎……！原來是靠衝浪的訣竅來撐過這波大浪……！我都不知道鈴華妳會這種特技……」

「哎呀，沒想到就算是第一次，勇於挑戰還是能成功啊！」

「……只是馬車裡也灌進了一大堆水。」

被浪打溼的焰從另一邊探出頭來，彩鳥帶著苦笑詢問下一步指示：

「那麼學長，接下來該怎麼辦？如果沒有對策，我認為走主要水路是比較普通的選擇！」

「不，在下一個三岔路口往右轉，進入工業區吧！要在那裡好好對決一番！」

「了解！」

回應之後，彩鳥控制水上馬車前往工業區。他們在途中進入一條特別寬廣的水路，看起來似乎是商店街。不只是露天攤位，擁有氣派店面的建築物上也掛著特有的旗幟。可以看到沿路會零星出現相同的旗幟，肯定是屬於同一個共同體。

焰一邊觀察商店街，同時計算哪個旗幟的數量最多。

（畫有六道傷痕的旗幟……最多的是「六傷」嗎？話說起來「精靈列車」上也有類似的標誌。）

他推測那恐怕就是地主共同體的旗幟。數量次於「六傷」的則是「龍角鷲獅子」、「Underwood」，以及紅色底布最為顯眼的少女旗幟。

可以明顯感受到這些旗幟特別受尊敬。明明掛在戶外卻完全不顯髒汙，想來是因為每天都受到細心對待。另外還有一個特徵，那就是沒有任何旗幟懸掛的位置比剛剛提到的四面旗幟更高。

（儘管也有可能是因為這些共同體讓人特別畏懼，不過根據城鎮內的開朗氛圍，實在不像是那樣。也就是說他們真的相當受到居民景仰嗎？）

只是打聲招呼就願意空出水路，而且還招攬了這麼多觀眾。這種支持率非比尋常，負責治理的領導人想必非常了不起。

（該不會是十六哥……不，不可能。）

焰帶著苦笑搖搖頭。十六夜的確是個優秀人才，然而他並不會隨便承擔起他人的人生。無論何時，十六夜的好意向來不會針對組織的色彩，而是投注於擁有堅強內心的個人。

如果那樣的他之前一直住在箱庭的世界裡——那麼毫無疑問，十六夜肯定認識了許多能讓他重視的人們。

（算了，好像也沒時間介紹給我們認識。）

既然十六夜找到許多像蘿莉塔黑兔和白雪姬這樣的愉快伙伴，想必會組成一個有趣的組織。

就連目前正在和自己這邊競爭的白雪姬，看起來似乎也非常享受這場遊戲。

「來吧，我要提昇難度了！這一招如何！」

白雪姬大吼之後，水面接二連三冒出水柱。

儘管數量並沒有多到覆蓋整個水路，然而被絆到的話還是會有危險。

彩鳥被迫減緩速度，白雪姬趁這機會一口氣拉開差距。

「怎能讓妳得逞！鈴華，動手！」

「了解！」

明白對方終於要出手反擊的白雪姬也準備應戰。她並沒有猜想過他們會用出何種恩賜，不過既然能被召喚來箱庭，肯定具備夠水準的實力。

白雪姬原本想趁現在盡可能擴大領先距離而提升速度——然而下一秒，她的視線範圍卻全部染上螢光粉紅色。

「嗚啊！」

忍不住把頭探出水面的白雪姬依舊不明白到底發生了什麼事，只能因為疼痛而左右甩動蛇頭。而且按照遊戲規則，她在頭部露出水面時不能繼續前進。

於是這次換成提升速度的焰等人一口氣超車。

「好！油漆直接命中！小彩，快趁現在甩開她！」

「呃……好！不過鈴華，妳剛剛使用的恩賜果然是……！」

「噢，雖然看起來像是空間跳躍（Teleportation），不過其實有點不一樣。是一種叫作『物體轉移（Apport & Asport）』，而且比較沒有那麼便利的能力。」

焰從馬車內探出頭來，幫忙補充說明。

——過去，各種「稍微」擁有特殊力量的少年少女們被帶往孤兒院「CANARIA 寄養之家」。或許更正確的說法是，在收留無家可歸的少年少女時，那樣的孩子們就自然而然地聚集而來。他們基本上都只具備有點奇特但是還算不上超常的能力，只是其中卻有兩個特別突出的例外。

那就是逆迴十六夜與彩里鈴華。

「Apport 和 Asport……也就是『吸引的恩惠（Apport）』和『送達的恩惠（Asport）』嗎？可是，光是能夠使用這兩種能力就已經十分了不起吧……！」

「不，其實很不方便喔。而且還有各種限制，例如只能把右手延長線上的東西轉移到左手的延長線上；還有我自己本身可以隨便轉移，但是不能同時使用。」

聽完鈴華解釋的限制，彩鳥迅速分析並理解。

簡單來說，鈴華的物體轉移大概類似車站與軌道的關係。先以右手延伸出軌道，然後經由鈴華本身這個車站，再把物體送往左手軌道的前方。

或許真的多少有些不便，然而這仍舊是強大到甚至過度的恩賜。即使在箱庭中，也只有負責掌管境界的神靈或惡魔能夠使用空間跳躍類的能力。

例如暖與寒（馬克士威）、生與死（伊格尼法特斯），以及星與星（萬聖節女王）。然而鈴華身為人類，卻擁有這種除非是境界管理者否則不可能使用的恩賜。

（雖說自由度似乎比不上一般的空間跳躍能力，不過根據使用方法，算是個有優有劣的恩賜。可是學長先姑且不論，為什麼鈴華擁有如此強大的恩賜……？）

「小彩！看前面！」

被這句話嚇到的彩鳥趕緊抬起頭。原來在她忙於思考時，下一道水柱已經竄出。發現快要直接撞上的她拉動韁繩，但實在太近了。

彩鳥不由得冒出冷汗，不過在鈴華舉高右手後，眼前的水柱消失了。

反而是白雪姬被水柱擊中。

「嗚哇！」

被自己製造出的水柱直接打中頭部側面後，白雪姬整個飛了出去。看到往旁邊倒下的白雪姬身體幾乎快直接撞進城鎮內，觀眾席發出似乎很興奮的尖叫聲。

「會……會撞到這邊啊！」

觀眾們邊尖叫邊四散逃走。

所謂的如鳥獸散正是在形容這種情景吧。抬起頭來的白雪姬冒出青筋，發出憤怒的低吼聲。

不過她的腦中其實很冷靜。

（唔唔唔……沒想到對方居然擁有物體轉移的恩賜……不過居然在敵人附近說明自己的恩賜，這點還太青澀。）

如果鈴華先前的說明為真，她的物體轉移有個致命性的弱點。白雪姬並沒有愚蠢到無法察覺這點。

甩掉油漆之後，她再度潛入水路之中，並前往更深的位置。

（雖然會繞點遠路，但這也沒辦法。就來使用地下水路吧。）

白雪姬鑽進位於沉沒都市區域深處的地下水路，如此一來，鈴華的恩賜等於遭到封鎖。

根據她擁有恩賜的性質，左手延伸出去的直線如果無法以視覺實際辨識，命中率應該會大幅下降。

這個推測是正確的。躲進地下水路的白雪姬能在完全不現身的狀況下出手妨礙，開始單方面攻擊三名參賽者。

然而他們的個性可沒有溫和到會因此放棄。

看到水路上出現阻擋通行的大漩渦後，鈴華跳到馬車上方，掌握狀況。

「小彩，我會把馬車送到漩渦的另一邊去，妳要做好心理準備！」

「好……我知道了。」

才剛講完，鈴華本人就搶先越過大漩渦，在另一端現身。

接著她把右手朝向水上馬車，左手對著下方的水路，把馬車拉過漩渦。雖然距離不長，轉移後的水上馬車降落水面時還是濺起一片水花。

彩鳥感到一陣心驚膽跳，同時也看出物體轉移能力的另一個弱點。

（原來是這樣……！既然鈴華本身是車站也是軌道，當然不可能同時轉移。既然有這種限制，只能選擇鈴華自己先移動，或是先轉移物體。）

也就是和使用者與物體能夠同時轉移的空間跳躍相比，物體轉移必須多一個步驟。這種競速比賽時還無所謂，萬一遇上性命交關的緊急時刻，這限制恐怕會成為沉重的枷鎖。

彩鳥用力握緊韁繩，把這事實深深記在腦海裡。

「……也罷，畢竟我的職責正是要避免陷入那種事態。」

「咦？」

「不，沒事——學長，再這樣下去戰況會一面倒，該怎麼辦呢？」

彩鳥邊驅使馬車前進邊提問，焰想都沒想，立刻回答：

「我手邊沒有地下水路的地圖，但是不可能隨隨便便就有捷徑。要是運氣不好，說不定移動距離反而會變長。我想對方一定會在哪個地方現身，在那之前就先維持現狀，繼續往前吧。」

「了解——話說回來……」

彩鳥在海駒背上回過頭，看向馬車裡面的焰。

「我現在明白鈴華的恩賜很了不起，不過……該不會學長你的恩賜其實也有什麼我以前不知道的強大力量？」

「很可惜，沒有。妳應該很清楚我的恩賜其實很遜吧？」

「咪哈哈，如果是規模更大的海上競速比賽，焰就能充分活用能力嘍！」

彩鳥和鈴華露出淘氣笑容調侃焰。

焰尷尬地搔了搔頭，才重新振作精神，拿起地圖研究。

「差不多要進入工業區了，這附近的水路相當複雜，準備好了嗎？」

「是的，先前我已經記住大致路線。接下來就麻煩你在緊急狀況時幫忙導航。」

「工業區域嗎……如果有派得上用場的東西，稍微借用一下應該沒關係吧？畢竟我們正在進行遊戲嘛。」

既然提到這件事，之前拿來攻擊的油漆該由誰付錢也成了話題。既然沒有聽到什麼奇怪的抗議聲，表示進行遊戲造成的損害大概會有哪個人幫忙善後吧……希望真的是那樣。

「這個嘛……如果只是借用，我想不要緊吧。」

「好……喔，看得到了！」

鈴華指向工業區。

當遊戲即將進入中間階段時——籠罩「Underwood」的烏雲也開始變得更為濃密陰暗。

＊

「喔喔……！焰先生他們掌控遊戲局勢時採用了相當穩重的戰略呢！」

負責擔任裁判的黑兔從建築物的屋頂跳向另一個屋頂，搶先一步進入工業區，觀察遊戲的進行狀況。以現狀來說，可以說是五五波吧。

面對持有神格的白雪姬能有如此善戰表現可以說是很了不起，然而要說意外其實也算是意外。

「也對啦，要是隨便就出現十六夜先生或耀小姐那樣的高手，才真的會讓人大吃一驚呢。或許反而該稱讚光靠物體轉移的恩惠就能應戰至此已經是一種值得敬佩的表現。」

如果彩里鈴華的恩賜是完全的空間跳躍，這場遊戲應該已經演變成單方面更有優勢的戰況。甚至可能根本不需要耗費多少時間。

然而想靠著「吸引的恩惠（Apport）」與「送達的恩惠（Asport）」來進行長距離的運送，無論如何都需要兩個步驟。車身和鈴華本人也會出現巨大破綻，被迫暴露在危險之下。

不過對於觀眾來說，這應該是一場旗鼓相當的遊戲吧。

（他們即將抵達工業區，這一帶也負責製作人工恩賜，到處都存放著高價零件。本來人家還在擔心萬一波及到周圍環境那該怎麼辦，不過根據目前的狀況，應該不要緊吧。）

黑兔心情很好地晃著兔耳。

進入鍛鐵的工業區後，到處都傳來打鐵聲。據說此處「Underwood」的淨水很適合用來把恩惠固定在「金剛鐵」上。

而且大樹上寄生著各式各樣的精靈，能借用他們的力量也是很重要的原因。基於以上理由，才會建造出這個工業區。

黑兔跳下屋頂，來到工業區的河岸。

畢竟和商店街不同，這裡的生產線並沒有因為舉行遊戲而停止。頂多是剛好有空的人們沿著水路坐下，開始賭起這場競速比賽到底會由哪方獲勝。

也沒有出現妨礙遊戲的人，展現出一種沒有什麼問題的氣氛。

（只是天氣讓人家有點擔心，是不是要變天了呢？）

黑兔也在水邊坐下，這時後面突然傳來少女的聲音：

「我說波羅羅！那個人是不是黑兔大姊啊？她居然會出現在這種髒亂的地方，還真是難得！」

「髒亂是多餘的形容詞，夏洛姊。還有我是首領，妳該使用敬稱！」

聽到熟悉的聲音，讓黑兔訝異地起身。

原來後方站著兩個像是貓型獸人，頭上長著貓耳的人物。

「夏洛洛大人！還有波羅羅大人！」

「好久不見了，黑兔大姊。這次的遊戲順利嗎？」

「YES！除了油漆被倒進大河裡，沒有其他比較大的損害！」

「喵哈哈！聽妳這樣說我就放心了！畢竟每次把舞台借給黑兔大姊你們，總是會被搞成一團亂呢！」

「夏洛姊，我說妳也該學一下什麼叫作委婉。」

擺出不以為然的態度糾正自己姊姊的貓耳少年是波羅羅．干達克。

至於肩膀上扛著巨大鐵鎚，身穿鍛鐵用工作服的貓耳少女則是夏洛洛．干達克。

胸前刻著「六傷」旗幟的兩人都是這個工業區域的負責人，他們應該是來視察白雪姬的遊戲會不會造成什麼損害吧。

波羅羅往前踏了一步，等待身為參賽者的焰等人出現。

「『六傷』的確欠了『No Name』……十六夜大爺和黑兔大姊的共同體一些人情，所以可以接受某種程度的亂來行為。不過要是這個工業區遭到破壞，生意可就做不成了。萬一演變成那樣，就連我們也沒辦法再袒護你們喔。」

「這……這點人家當然明白，絕對不會造成盟友『六傷』的困擾！」

「……喵哈哈，不過我以前倒是被迫做出非常誇張亂來的事情呢……」

夏洛洛的眼神飄向遠方。

黑兔慌張地動著兔耳。

——「六傷」是專精商業的共同體，經手事業包括「精靈列車」的製造，以及利用列車的運輸業等等。夏洛洛·干達克則是「六傷」中為數不多的戰鬥人才。「No Name」有許多機會與具備同盟關係的共同體「六傷」聯手挑戰恩賜遊戲，因此也經常和實力堅強的夏洛洛一起並肩作戰。

她恐怕是在參加共同作戰時被迫扛起等於是下下籤的任務吧。

「啊哇哇……之前我等『No Name』的同志真的給您添麻煩了……！」

「不不，我並不在意啦，畢竟最後還是贏了遊戲。只是啊，這個工業區正在製造最新型的『精靈列車』……」

「聽說參賽者是十六夜大爺的兄弟，讓我們感到很不安。萬一遊戲波及甚至破壞了工業區，可會演變成大問題喔。」

「原……原來如此，不過人家認為應該不必擔心。」

到目前為止，他們都展現出沉穩踏實的應戰對策。這種遊戲方式根本不像十六夜的同類，甚至可以說是完全相反。無論接下來發生什麼事情，應該都不會出現破壞工業區還把白雪姬抓起來拖行，然後打穿陸地好直接製造出捷徑的事態。

三人正在閒聊，水路開始掀起波浪。

夏洛洛豎起貓耳，伸手一指。

「喔！大姊，妳看他們來了！」

河面上傳來破浪疾馳的獨特聲響。

三人把視線移向來自城鎮那邊的水上馬車。即使受到白雪姬的妨礙依舊繼續往前衝刺的水上馬車靠著久藤彩鳥的精湛馬術，接二連三突破障礙物。

看到那匹沿著漩渦邊緣巧妙往前衝的「海駒」，波羅羅忍不住驚訝大叫：

「那不是海駒族群之王的修托斯嗎……！為什麼那傢伙願意幫忙？」

「人家也不清楚，牠一看到彩鳥小姐就衝了過來。」

「……哼！」

「喵哈哈，波羅羅每次想騎上去都慘遭拒絕呢。」

聽到夏洛洛的挖苦，波羅羅不高興地嘟起嘴轉開頭。

另一方面——邊閃避大漩渦邊進入工業區域的焰等人看到製作工藝品的獸人與負責鍛鐵的精靈們之後，都驚訝得目瞪口呆。尤其是搬運貨物的步行提燈和燭台，還有手掌大小的精靈——通稱「群體精靈」的小精靈們協力工作的模樣雖然可愛，同時也是相當異常的光景。

「喔……喔喔……！你快看啊，兄弟（Brother）！有好多小小的精靈吵吵鬧鬧地動來動去耶！看起來真是超級可愛！」

「好好好，我有看到。」

鈴華顯得非常興奮，焰反而冷靜下來。

這大概是男女興趣不同所造成的差異吧。比起那些精靈，焰更加注意工業區域裡隨處可見

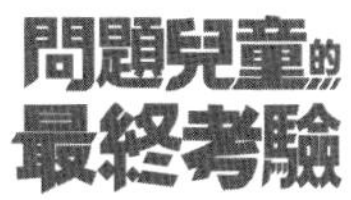

的列車零件，還雙手抱胸開始觀察周遭。

「嗯……如果只看那些車輪和活塞等零件，『精靈列車』的動力應該是靠普通的往復式引擎。能夠防水是靠著恩惠的力量嗎？」

結構本身似乎和復古的蒸汽火車沒有太大差別，偏偏速度看起來卻相當快，焰很乾脆地認定那大概也是恩惠的效果。

「天氣變了，一旦水位升高河水流速也變快，說不定會對我方較為不利。」

雷雲密布，閃電的光芒從大樹上方竄過。已經顯露出暴風雨即將來臨的跡象，遲早會開始下雨吧。換句話說，賽場會變得對白雪姬更加有利。

「那樣一來，我們只能靠自己確保食衣住等需求——話說回來，學長有在暴風雨中野外求生的經驗嗎？」

「這什麼蠢問題，我可是純粹的室內派。」

「原來如此，那麼我們果然還是只能獲勝。在天氣嚴重惡化之前先賭一把決出勝負吧——鈴華，妳有找到可以當成武器的東西嗎？」

「嗯~有看到像是大型弩的東西，可是那沒辦法放到馬車上來，會把車頂壓壞。」

「……那麼，有沒有劍或槍之類的武器？」

「好像是有，可是我們根本不會用那種真槍實劍啊，拿來也只會礙事吧？」

鈴華搖搖頭之後，彩鳥似乎很遺憾地驅策「海駒」前進。

——沒過多久，巨大的閃電襲擊「Underwood」。

一聽到激烈的雷鳴聲轟隆響起，三人就讓馬車減緩速度，最後原地停下。現場開始吹起狂風，形成彷彿要包圍「Underwood」大樹的旋風。

他們同時抬頭看向大樹，於是巨大的牛頭從視線範圍內一閃而過。

「那是……！」

「不……不好了……！」

彩鳥開口警告，然而遲了一步。

彌諾陶洛斯丟出帶著閃電的大戰斧，將三人搭乘的水上馬車擊成零散的碎片。水路也被劈成兩半，河水氾濫，水底出現一個大坑並形成漩渦。

三人原本使用的水上馬車就這樣逐漸沉入「Underwood」的水裡。

逆迴十六夜、御門釋天、頗哩提・瑪塔一行人離開「Don Bruno」餐廳。

「好啦，接下來要怎麼辦，釋天。難道要讓我使用佛門的『忉利天』嗎？」

「不，這次要在更近的地方解決，你們都上來吧。」

御門釋天發動引擎，催促兩人上車。確定十六夜和頗哩提都坐好之後，釋天把車子開上通往東京都葛飾區的關越高速公路。感到疑惑的十六夜邊在腦中回想快忘光的東京地圖，同時開口向釋天提問：

「走關越高速公路？喂，你這是要去哪？」

「我的領地在日本國內實在不多，所以要移動到能開啟『境界門』的地方。」

御門釋天踩下油門，直接前往葛飾區。

十六夜用手抵著下巴，仔細思考釋天的發言。

「既然你（帝釋天）的目的地是葛飾區……那麼是有事要前往柴又帝釋天那間寺院嗎？」

「嗯，因為柴又帝釋天那間寺院是我和上杉的領域，我們的公司也開在那附近。在日本的各寺院中，那裡算是比較容易連上箱庭的地方。儘管創建至今大約只有四百年，不過應該已經達成開啟『境界門』時必須的歷史轉換期（Paradigm Shift）條件吧。」

柴又帝釋天——創設於江戶時代初期的寬永六年，是供奉帝釋天與毘沙門天的寺院之一。在主祀神是帝釋天的寺院之中，這裡算是日本國內數一數二的領域吧。

如果考慮到帝釋天原本的支配範圍是古代印度，四百年歷史的領域恐怕還算是略顯貧淺。大概是沒有其他更適當的場所吧。

前來禮神拜佛的信徒要是知道這些事情，肯定會大吃一驚。

正常來說，根本不會有人想到主祀神會在寺廟正殿不遠處設下住處。

覺得實在誇張的十六夜笑著說道：

「看樣子那間寺院肯定很靈驗呢。是說過了五年，葛飾那一帶的商業區老街現在還是沒變嗎？例如商店街和一些後街小巷裡的情況。」

「才短短五年怎麼可能會改變，畢竟那一帶等於是靠著維持舊有面貌來招攬客人的地區。不過呢，我倒是很喜歡這樣子。看到借用自己名號的寺院附近形成那種風情的街坊，真的讓人感覺很好。」

御門釋天的臉上微微露出笑容。

——講到帝釋天，是在諸神靈中也是最古老的神明之一，然而相關傳說中卻有許多洋溢人情味的故事。他是耽花戀酒的好漢，也是最受庶民歡迎的諸神之王等評價並非只是空有虛名，

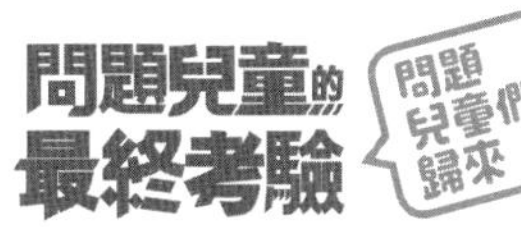

對於帝釋天來說，葛飾柴又這一帶就是個住起來比較暢心舒服的地區，和正好是自身領地等事情無關吧。

十六夜也同意地點頭，不過很快又想起了什麼，聳聳肩搖了搖頭。

「我雖然也想去逛逛，但是實在沒有餘裕過得那麼悠哉。只要事情一搞定，我就要立刻再回去箱庭。」

「何必那麼急呢？也不知道以後箱庭的時間還有沒有機會能和外界同步，就算你想跟焰和鈴華他們一起過段日子，之後我也可以幫忙調整喔。」

「你這種建議真的很蠢。我當初可是在乾淨俐落沒有留下任何麻煩的情況下捨棄一切離開，要是在已經過了三年……不，五年的現在卻又重新出現，未免太對不起那些被我捨棄的對象吧。」

十六夜的笑容逐漸消失，換上認真表情。到此，釋天與頗哩提總算理解十六夜到底是在對什麼堅持道義。

身為孤兒院管理者的金絲雀。

孤兒院中最年長的十六夜。

在這兩人都離開的五年前——西鄉焰與彩里鈴華只不過是十歲的孩子。對於接二連三失去身邊親人的他們來說，毫無疑問那是段極為嚴酷難耐的日子。

以前緊跟在十六夜身後的兩人今年已經十五歲了。現在是人生中的重大分歧點，也來到即將以一個人的身分接受考驗的事前準備階段。

在這種重要的時期，基於個人任性理由而失蹤的大哥哥當然不可能擺出一副啥都不知道的態度又晃回來。其實十六夜原本想在不打照面的狀況下擺平事件，卻因為各式各樣的理由而陷入目前這種非常事態。

然而釋天卻表現出難以接受的反應，點燃咬在嘴裡的香菸。

「原來是這樣啊……是啦，我可以理解你想表達的意思。不過，那只能適用於**沒見到面就順利解決問題時**的情況吧？既然已經把他們牽連進來，這種藉口可就講不通了。」

「……唔……」

感覺釋天的發言確實有道理，讓十六夜暫時無言反駁。

這時，一直靜靜旁聽的頗哩提微微側著頭開口發問：

「十六夜，既然你這麼為那些孩子著想，為什麼當初能夠捨棄『CANARIA 寄養之家』？」

「當然是因為除了我之外，還有其他可以倚靠的傢伙啊。例如很會照顧人的唐‧布魯諾跟夫人，另外丑松老爺子也在。既然孤兒院有這麼多長腿叔叔，少了我一個也不要緊吧。」

十六夜的語氣裡透出對過去的懷念。

他提到的丑松老爺子，是日本數一數二的大企業——丑松商會的會長，也是在孤兒院創設時曾出資贊助的主要出資者——這是表面上的名義，其實這位老爺子是十六夜和金絲雀的賭博伙伴之一。

然而金絲雀和十六夜並非只是因為想找到一個願意贊助大筆金額的出資者，才會去找這位在自己這一代就累積財富並開設公司，最後成為當地名士的丑松老爺子對賭輸贏。

而是因為兩人都認同丑松老爺子是個傑出人物，所以打著想讓對方也加入他們這個孤兒院創建計畫的如意算盤。

結果是兩勝一敗兩和。讓十六夜也認定為「平成最強騙子」的這個怪人非常中意他們兩人，也爽快答應出資贊助「CANARIA 寄養之家」。

「有那個怪物老爺子在，就算碰上什麼小問題想必也能輕鬆解決。況且焰和鈴華……特別受到丑松老爺子賞識。不過我倒是沒想到居然會讓他們去念私立寶永大學附屬學園。那裡雖然是名校，但學費也很貴吧。」

十六夜愉快地發出呀哈哈笑聲。他認識的人大半是像唐・布魯諾與丑松老爺子這樣的年長人士，大概是因為十六夜本身是個擁有特異出身與恩惠的少年。

他打心底信奉快樂主義，碰上看不順眼的事情，也不厭於堅持自我。儘管乍看之下是很幼稚的行動原理，然而十六夜待人處事時卻已經先做好心理準備，會扛起自身行動應負的所有責任。正因為如此，他才能從日常生活起就沒有必要放下那種泰然自若的態度。

不過年紀差不多的平輩裡很少有人可以理解十六夜的人生觀。因為一般的少年無論再怎麼逞強，也不可能具備足以擔起責任的能力和決心。

所以會認定十六夜「沒問題」的人，自然以年長者為多。十六夜本身也樂於和那些歷經歲月洗禮，擁有完整人生觀的大人們打交道。

在那些人當中，丑松老爺子肯定是特別的人之一。

充分理解這一點的御門釋天和頗哩提都抱著複雜心境，把視線往下移。兩人沉默了一陣子，才像是在選擇適當用詞那般地慎重開口：

「……老爺子已經往生了。」

「啥？」

「十六夜，你冷靜聽我說……這是在兩年前的黃金週發生的事情。聽說丑松老爺子和家人一起去旅行，卻在旅途中因為心臟衰竭而過世。」

這消息讓十六夜瞪大眼睛倒吸一口氣。

「……老爺子真的走了？」

「嗯。後來丑松商會停止對『CANARIA 寄養之家』的出資，差不多同一時期，孤兒院原本有的出資者也一口氣抽手，甚至有一段時間完全找不到人願意資助。」

「聽說陷入解散危機的『CANARIA 寄養之家』是靠著焔他父親留下來的研究與 Everything Company 才得以獲救。」

聽到頗哩提的發言，十六夜露出真的非常訝異的表情，專注聽起說明。

——兩年前，出資者相繼抽手。

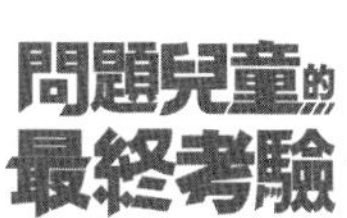

只有丑松老爺子平平穩穩地繼續提供資金給「CANARIA 寄養之家」。按照往年慣例，他應該會招待年少組的孩子們去一場短期國內旅行。

可是就在這時候，孤兒院收到老爺子的訃告。

走投無路的焰和鈴華依然沒有放棄，直接去拜託丑松商會繼續出資，但是卻被丑松的次男賞了閉門羹。

也不知道該上哪找其他出資者，兩人已經準備面對解散結局。這時接觸孤兒院的人，就是 Everything Company 會長的獨生女，久藤彩鳥。

「你說 Everything Company……還有**久藤**？」

「對，你沒聽說過嗎？Everything Company 是第二次世界大戰結束後隨即在歐洲成立，目前名列世界前五之內的大型貿易公司。還有這間公司的創立似乎和一名前往歐洲的日裔傑出女性有關。」

「……不，我今天才第一次聽到這些情報。那麼這間 Everything Company 是基於什麼理由才提供資金給孤兒院？」

「要求焰繼續他父親留下來的奈米機械研究……正確說法是要他重現。你也知道焰的恩賜具備什麼樣的能力吧？」

聽到釋天的回答，十六夜理解地點點頭。

「沒錯……！焰擁有『能重現分解物品』的恩賜！所以是以某種形式來利用那能力嗎？」

「嗯。不過呢，現在那恩賜已經變得比你知道的更強力一點。大概就是這種情況吧。」

釋天邊吐煙邊解釋。在最新型奈米機械的研究中，年僅十五歲的焰插手的是能把他擁有的恩賜利用到最大限度的部分。

「和 Everything Company 之間是我負責仲介。之後那傢伙就提出把自己的人生大半輩子奉獻給研究作為條件，拯救了『CANARIA 寄養之家』——如何？以一個小鬼來說，是相當有膽識的決斷吧？」

「……釋天，你只有默默在旁看他做出那種決斷嗎？」

「那當然。那是焰自己下定決心做出的選擇，你倒是說說身為外人的我為什麼要插嘴？」

釋天理直氣壯地回答，把方向盤打向右邊。

從關越高速道路進入首都高速公路後，釋天點起第二根香菸。

「……話雖如此，那畢竟是不知世事還急著長大的小鬼做出的決定。所以當他們跌倒時，善後處理就是我們這些大人該負責的工作。不過只有在他們橫衝直撞到發生嚴重事故，沒辦法一個人站起來時再出手就好。如果真的發生那種狀況，只要由我……或是你幫忙負起責任就可以了。」

「————」

十六夜沒有否定也沒有肯定，只是把視線朝向車窗外。

雖然他並非樂觀到完全沒在擔心，但是看樣子這五年以來「CANARIA 寄養之家」的周遭

狀況有相當大的變化。

關於焰的事情，十六夜也認為釋天的理論沒錯。既然促使少年少女們做出決定，那麼保護者的責任就是要在他們失敗時提供幫助。十六夜在箱庭強迫背負著所屬共同體——「No Name」的少年下決心拿定主意時，心裡也抱著前述的打算。

然而那是對方待在十六夜能照顧到的範圍內才能夠使用的方法。如今十六夜在箱庭裡有許多伙伴，無論如何他都必須回去。

換句話說，只有像這樣造訪外界時十六夜才有辦法出手幫忙。

既然自己身處這種狀況，就不能隨便點頭同意。

乾脆擺爛把一切丟給釋天更是連提都不值一提的選擇。如果要交給釋天，還不如誠心全意地去向唐．布魯諾低頭請託。

「哎，沒有人認為全都是你的責任。丑松老爺子過世只是偶然，至於後面的結果，也是焰自己決定要負責照顧孤兒院成員。所以你只要在下次有機會跟焰說話時，記住曾經發生過這些事就行了——好啦，差不多要到達柴又帝釋天了。」

釋天將車子開下首都高速公路。穿過商業區老街後，把車子停在停車場，三人一起走向他的領地——柴又帝釋天的用地內。

＊

——「Underwood」工業區域，第二煉鐵廠。

當匹敵雷光的一擊劈向三人的同時。

西鄉焰和久藤彩鳥被轉移到工業區域的路地上。

「哇！」

「呀！」

響起物品落地的聲音，隨後水路就隨著爆炸聲粉碎。被大戰斧和閃電擊中的水路底部出現一個巨大坑洞，水面因此捲起大型漩渦。

只要慢上一瞬間，恐怕會有性命之憂吧。毫無疑問，三人不是全都會被打成五臟六腑四散的肉塊，就是會被閃電燒成焦炭。

「嗚……鈴華呢……？」

彩鳥和焰猛然抬起頭。鈴華也倒在兩人身旁，但是狀況不太對勁。彩鳥慌忙趕到她身邊，才發現鈴華腹部裂了一道大傷口。

這時彩鳥才回想起鈴華的恩賜和一般的空間轉移不同，自身轉移和轉送對象物體的能力只能分開使用。

焰和彩鳥都臉色蒼白，望向捲著漩渦的水路。

「難……難道……！」

——剛剛是只要遲了一瞬就會失去性命的驚險時刻。

要轉移自己？還是要轉送焰和彩鳥兩人？

在只能二選一的狀況下……鈴華選擇先救他們兩人。

「這……這傷勢比我之前還要嚴重……！再這樣下去……」

「必須立刻處理！去『Underwood』大樹裡面急救吧！鈴華，妳還能再使用兩次能力嗎？」

「嗚……！可是，那樣的話小彩怎麼辦……！」

「不必擔心我！你們兩個人先逃吧！」

咳出鮮血的鈴華先消失，隨後焰也跟著消失。

只有彩鳥一個人被留在原地，彌諾陶洛斯正從後方逼近。

牠往前狂奔的模樣宛如重型戰車。

然而「Underwood」的居民並沒有軟弱到會一直放任襲擊者隨便亂來。

「所有人就定位！」

聽到這聲號令，彌諾陶洛斯停下腳步看向背後。

在水路的對岸，「六傷」的夏洛洛與波羅羅召集了工業區域內的同志，指示他們前往放置固定式大型弩砲 Ballista 的地點。

波羅羅手上拿著前端纏有獅鷲獸鬃毛的指揮旗，毫不猶豫地往下揮。

「這傢伙就是傳聞中的星獸！不需要手下留情！大型弩砲『Failnaught Ballista』——全面

發射！」

獅鷲獸的指揮旗刮起旋風。

伴隨著這陣旋風，固定式大型弩砲的箭鏃型砲彈一口氣射出。靠著追蹤的恩惠，比人還高的巨大弩砲射出的箭鏃畫出曲線，如雨般落到彌諾陶洛斯身上。

這些比上臂還粗的巨大箭鏃共有五十二發，以超越音速的速度同時襲擊。

失去戰斧而戰鬥力下降的彌諾陶洛斯不可能擋下所有攻擊。就算牠揮動雙手擊落半數箭鏃，剩下的二十六發還是貫穿彌諾陶洛斯全身各處。

右手臂被貫通，雙腳被刺穿，粗壯的胸口也被十二發箭鏃射穿。

「GEEEYAAAAaaaa————！」

瀕死的慘叫聲激烈震撼空氣，甚至能以肉眼辨識。

這壓倒性又一面倒的光景，足以讓人懷疑面對單一敵人，是否真有必要做到這種地步？

然而波羅羅卻毫不大意，視線也依然非常嚴厲。

在箱庭出生長大的他很清楚星獸這種怪物絕非這種程度的攻擊就能殺死的敵人。

「……所有人都裝填好下一發箭鏃後原地待機，只要看到敵人稍有動作，立刻開砲攻擊！」

聽到波羅羅的命令後，「六傷」的獸人們立刻開始行動。

黑兔趁這段時間趕到彩鳥身邊，把她的手臂搭到自己肩上，想扶著彩鳥起身。

「對不起，彩鳥小姐！人家跟著各位還演變成這種情況……」

「……不，這是無可奈何的事情。妳是『箱庭貴族』，而且擁有『審判權限』，即使無法參加戰鬥也不需要為此感到羞愧。如果說在場的人有誰該感到羞愧──」

彩鳥以強烈語氣講到這邊，自行站起。但是她的樣子有些不對勁。

黑兔往後一步，就像是被彩鳥的氣勢逼退。

「……彩鳥小姐？」

她歪著兔耳看向彩鳥的背影。

那背影看起來並不像是先前那名少女。

黑兔原本判斷彩鳥是一位有禮貌又穩重溫順，擁有凜然華貴氣質的少女。然而現在目睹她展現出的鬥志，讓黑兔不由得倒吸一口氣。

彷彿在呼應她的鬥志，黃金色的髮絲微微飄起，軀幹也如劍一般挺直，充滿剛健的力道。

即使是一般人看到這站姿，也能夠感覺到宛如鬼神的氣魄吧。

「真是丟臉……！降天到外界十四年……萬萬想不到自身實力已經低落至此……不！只是生疏退步也就算了！竟然無法保護該守護的同儕，甚至還敗給**那種程度的敵人**……！」

這敵愾心讓黑兔不由自主地繃緊身體，彩鳥的樣子顯然很不對勁。

她從工業區域的鍛冶場裡拿起兩把被棄置的長槍，在這一瞬間，剛剛的情緒化為核心。

二刀流並不罕見，但很少人使用二槍流。既然不是主要流派，基本上動作幾乎都是自成一

第七章

家的架勢。

黑兔對彩鳥現在握著雙槍的架勢還有印象。

（果然……她正是那個女王騎士（Queen's Knight）……）

三年前——黑兔等人曾經和某位女騎士並肩作戰，最後見證她的死亡。

聽說那名女騎士死後，在失去記憶的情況下，被黃金之女王「萬聖節女王」當成布局之棋子送往外界。

久藤彩鳥——因為名字和那個人非常相似，因此黑兔有推測出彩鳥的真實身分。只是外表和黑兔的記憶並不一致，因此她原本以為是不同人。然而這下已經完全沒有懷疑的餘地。

彩鳥全身漲滿氣勢磅礴的鬥志，和黑兔記憶中的那位女王騎士完全一致。

就像是在呼應她這份氣魄，彌諾陶洛斯也清醒過來。

就算彌諾陶洛斯再怎麼缺乏知性，也沒有愚鈍到無法察覺到這份氣勢。彌諾陶洛斯拔出全身上下的箭鏃，開口發出凶猛怒吼。

「GEEEYAAAAaaaa——！」

牠轉身背對「六傷」的部隊，往前衝鋒。

彩鳥也舉起雙槍準備迎擊。

然而就在此時——原本在遙遠上空發出雷鳴的雷雲製造出肉眼可見的漩渦，並開始刮起連大樹枝葉都會被吹落的暴風雨。

這異常的颱風讓黑兔大吃一驚，她抬頭望向天空。

「這是……不好了！波羅羅大人，請立刻對水上都市發出避難通知！」

「早就已經通知了！而且也已經為了避免洪水氾濫，在各處準備防波堤……」

「那種東西根本沒有用！請傳令要防波堤的施工小組也立刻離開沿岸區域！必須馬上行動……否則就會來不及……！」

黑兔的激動態度徹底壓倒了波羅羅。

原本即將衝突的彩鳥和彌諾陶洛斯也瞪著開始如生物般翻滾蠢動的雷雲。彌諾陶洛斯放棄攻擊行動，跳離彩鳥身邊，最後消失在郊外。

「嗚……『天之牡牛』要出現了……！」

怪牛的咆哮聲在遙遠的天空中迴響著。

傳遍「Underwood」全域的咆哮聲讓所有人都因此發抖。雷雲長出閃電雙角，逐漸變化成巨大的鬥牛。

巨大鬥牛稍微動了一下，就讓水上都市受到二十四道落雷襲擊。

其中四道就像是瞄準了彩鳥和黑兔，直劈而下並打碎附近建築。

彩鳥揮槍彈開四散的瓦礫，狠狠瞪著在天空中蠢動的怪牛。

「我的戰法不適合對付『天之牡牛』……黑兔小姐！這附近有沒有實力堅強的人士？」

「這……這個，為了監視在其他地區舉行的太陽主權戰爭，大家都外出了……包括『龍角鷲獅子』、『覆海大聖』以及『No Name』，各共同體的主力都不在……！」

黑兔壓住被暴風雨吹得亂甩的兔耳，大叫著回答。

明白再這樣下去不是辦法的彩鳥指著大樹，提出避難的建議：

「不得已……逃進大樹裡吧！既然受到女王的庇護，大樹內部應該絕對安全！居民的避難就交給波羅羅先生和白雪大人負責……」

「不，彩鳥小姐您一個人先逃吧！人家要去幫忙居民避難！您現在應該要待在鈴華小姐身邊！」

聽到黑兔這番話，彩鳥瞪大雙眼。放下雙槍後，她臉上恢復成剛見面時的那種少女表情，似乎很過意不去地低下頭。

「……我明白了，這裡就麻煩妳處理，請多加小心！」

彩鳥轉身背對黑兔，前往「Underwood」的大樹避難。

在這段期間內，暴風雨越來越強，大樹周圍也持續受到落雷威脅。

然而不只雷雨會帶來危害，反而是失控的洪水與急流導致水上都市的水路沿岸區域陷入更大危險。

在轟隆迴響的雷鳴聲中，水上都市開始傳出音量甚至能和雷聲匹敵的慘叫聲。

有人被氾濫的大河吞噬。

有人被閃電擊中而起火燃燒。

還有人被倒塌的建築物壓垮。

黑兔咬著牙瞪向天空，然而現在的她無法和那頭怪牛戰鬥，因為擁有「審判權限」的黑兔不能挑戰太陽主權戰爭。而且最糟糕的情況是，為了避免太陽主權落入惡人手中，黑兔的同志們全都外出征討。

有資格參加金牛宮的討伐遊戲，還要有可能立即趕來的戰力。在這種條件下，黑兔的腦海裡浮現出一名同志的名字。

（十六夜先生……要是十六夜先生能在這裡……！）

他一定不知道「Underwood」正面臨危機。

如果知道，十六夜絕不可能容忍這種暴虐行徑。只要能成功找出方法把這種狀況傳達給他，就算身處不同世界，十六夜也一定會趕來。

黑兔摸索著方法，然而那並不是她有能力辦到的事情。

現在的她，只能在受到暴風雨蹂躪的水上都市裡往前奔馳。

——「Underwood」的大樹，沐浴廣場。

以美麗景觀為傲的水上都市原本呈現像是在舉辦祭典的氛圍，現在卻陷入嚴重混亂。大樹中為了地下水脈而挖出的洞穴裡也全都塞滿難民，就連所有算得上是房間的空間也全被傷患占領。看起來宛如戰場的最前線。

避難行動大約花了三小時，多虧迅捷俐落的引導和協助，居民們才能夠迅速撤退。

尤其主動扛起氾濫區域救助行動的黑兔和白雪姬的活躍表現最為顯眼。連續三小時都在努力救人沒有休息的黑兔筋疲力竭地躺在白雪姬身上。

「呼啊……真的好累喔。沒想到暴風雨中的救援行動居然如此辛苦，讓人家不由得對世上那些負責救助的共同體肅然起敬。」

「嗯，要不是有黑兔，恐怕有很多人無法得救吧。在缺乏戰力的現狀下，實在表現得很好。」

「不不，該稱讚的是白雪姬大人，您真不愧是水神！」

白雪姬和黑兔互相稱許對方。實際上要不是有她們兩人出手，可能已經有許多人被沖往下游。如果是只有單一河道的大河還可以靠白雪姬的恩賜救人，然而在水路縱橫交織成網的水上都市裡，能確實觀測到的範圍還是有極限。

對協力行動表達完謝意的白雪姬放下頭上的黑兔，自己也變化成人型。身穿白色和服的她指著大樹上方催促黑兔。

「看妳全身都濕了。我還無所謂，黑兔妳最好不要讓身體受涼。這裡的正上方有給貴賓使用的大浴場，妳可以和之前那幾個小朋友一起去暖暖身子。」

「真……真的可以嗎？」

「沒問題，我會去和『六傷』那邊講一聲。黑兔妳從昨天起就很辛苦吧？該讓身體休息一下。」

「人家明白了，那就恭敬不如從命！」

黑兔豎起兔耳，前往大樹上層。

白雪姬搖著頭，無奈地笑了笑。

「……好啦，再去巡視一圈吧。」

她變回大蛇外型，為了再次搜索而潛入水路。

另一方面，同一時刻。

彩鳥四處尋找鈴華被送往的病房，好不容易才找到。

「鈴華！妳還好嗎？」

依舊全身溼透的彩鳥慌慌張張地飛奔過去，邊大叫鈴華的名字邊衝進病房。

於是一臉不高興的焰從病房裡探出頭來。

「……彩鳥，安靜一點。」

「啊，對……對不起！」

彩鳥難為情地紅著臉，換成小跑步趕向焰身邊。旁邊的床上可以看到鈴華安穩地睡著。

臉色也不錯，似乎沒有性命危險。

因為一口氣放心，彩鳥差點腳一軟癱坐在地。

「太……太好了……！我一直擔心那傷勢會危急性命……！是『Underwood』裡有治療用的恩賜吧，學長？」

「……嗯，應該不會有性命危險。」

和彩鳥相反，焰以沉重的表情看著鈴華的睡臉。

正好這時，病房裡響起尋找他們的聲音。

「不好意思，西鄉焰在這裡嗎？」

「？我在這。」

焰出面回應後，波羅羅立刻換上嚴肅表情。

「好，那麼你現在就跟我走，我想問清楚關於這次遊戲的情報。」

「知道了，彩鳥妳幫忙照顧一下鈴華。她的狀況已經穩定下來，醒了之後可以去洗個澡。妳也是，一直全身溼答答的不好吧？」

「啊……好的。」

焰表現出的態度雖然讓彩鳥感到一絲不安，不過她還是按照指示留在原地待機。

被帶往另一處的焰把本次事件的來龍去脈全都告訴波羅羅。

講到身為星獸的金牛宮在外界現身，以及又回到箱庭的部分後，波羅羅狐疑地拿下眼鏡瞪著焰。

「……這些話實在讓人難以相信，我從來沒聽說過星獸能夠往來外界和箱庭。」

「你跟我說這些話也沒有用啊，我根本無從得知這些事情。」

「嗯，我想也是──不過這下可棘手了。既然所有『階層支配者』都聯絡不上，只能暫時困守在『Underwood』裡嗎？」

「不，那樣做或許也不妙。因為在我原本的世界裡，這個颱風散播了連植物也會受到感染的病毒，無法確定這棵大樹是否不會被病毒感染。」

聽到焰的報告，波羅羅皺起眉頭。

他聳著肩膀喃喃說道：

「看樣子真的快要束手無策了……算了，萬一演變成那種情況，也只能說服『Underwood』的居民前往其他地方的共同體避難。倒是你們打算怎麼辦？」

「我……無論如何都必須見到某個人。」

焰的眼裡帶著沉靜與達觀，彷彿已經下定決心，也像是已經放棄一切。

感到在意的波羅羅正想追問是發生了什麼事，房門卻突然打開。

「打……打擾了！波……波羅羅在嗎！」

不知道發生什麼事情的兩人把視線移向「砰磅！」一聲猛然打開的房門，才發現是另一個貓耳少女，夏洛洛．干達克衝了進來。

聽到她吵鬧的叫聲，波羅羅很遺憾地抱著腦袋嘆氣。

「夏洛洛……妳好歹已經嫁人，能不能稍微穩重點？還有，我說過妳該稱呼我為首領——所以，到底發生什麼事？是不是『天之牡牛』開始攻擊了？」

「不……不是啦不是！是更嚴重的事情！你……你看這個！」

夏洛洛拿出一個信封。

信封上蓋著圖案高雅的封蠟，不但豪華，還使用了高級的羊皮紙。光憑外觀，就能夠看出這封信出自上流階級人士之手。連平常沒在寫信寄信的焰也能理解寄件人想必身分高貴，箱庭的居民自然更不用說吧。

然而這些並不是真正讓波羅羅感到驚訝的重點。

明白封蠟圖案代表哪個旗幟的波羅羅嘴角肌肉不由自主地抽動著。

「黃……黃金封蠟……！『萬聖節女王』為什麼會在這種時候送信來？該不會是連這種非常時期她都要再丟什麼難以解決的難題過來吧！」

「我……我也不知道！總之先拆來看看吧！」

夏洛洛甩著麒麟尾遞出信封。

接過信封的波羅羅拿出小刀，避開封蠟，慎重地打開信件。

原本拆信時應該要切開封蠟，但避免傷到旗幟的做法大概是在對女王表示恭敬吧。

拿出信紙的波羅羅惶恐地唸出內容：

「——『欲告知關於金牛宮之情報。在太陽西下染上紅霞之時，安排西鄉焰前往謁見室』。」

「真……真的嗎？」

焰的表情突然亮了起來，他無論如何都要見到的人物就是指女王吧。然而對於波羅羅來說，女王是他最不想收到聯絡的對象。

「在太陽西下前……喂喂！真的假的？已經沒多少時間了！」

「咦……是嗎？有那麼遠？」

「不，謁見室在大樹裡，是指女王用來遊樂的房間。問題是——」

波羅羅把焰從頭打量到腳。

經歷昨天和彌諾陶洛斯的戰鬥以及召喚騷動後，他的服裝和頭髮都相當骯髒。被這場大雨淋濕的身體也還沒乾透。

理解波羅羅言外之意的焰看看自己全身上下，不解地歪了歪頭。

「……這副樣子果然不行嗎？」

「當然不行。要是用這副模樣去見女王，從一家老小到親朋好友都會被殺光。」

「女……女王是那麼恐怖的人嗎？」

「那是一部分原因，但另外也是因為若以常識思考，你現在這副外表根本不是能去謁見施政者的模樣——夏洛洛，立刻準備正式服裝，他的尺寸應該跟我差不多。」

「了……了解！」

夏洛洛豎起麒麟尾，舉手敬禮。

波羅羅再度轉向焰。

「你跟我來，先去洗個澡再整理儀容吧。不想死的話，動作要快。」

「這無微不至的照顧真是讓人感動落淚，浴場在大樹裡面嗎？」

「嗯，就在貴賓室附近，不會太遠。快點，真的沒時間了。」

聽到波羅羅再三強調時間不夠，焰以有點不能理解的態度側了側腦袋。

「提出無理要求的人是對方吧？有必要如此在意嗎？」

「你白痴喔，問這什麼問題？要知道和女王交涉時，我方也是在賭命。她原本就是個很計較時間的人，而且還經常發生被她給予惡評的共同體在隔天就遭到毀滅的事情。再加上現在大樹內部之所以能處於安全狀態，正是因為我們有獻上貢品並藉此獲得女王的庇護。當然只能乖乖聽命吧？」

說得也對……焰點點頭。既然時間不夠，現在不該繼續一問一答。他立刻開始準備。

＊

──「Underwood」葉翠堂，大浴場。

清醒之後，得知自己側腹傷口已經徹底痊癒的鈴華滿心驚訝。

「真的假的……我還以為死定了。恩賜這種東西真了不起！」

「嗯……是啊……可是鈴華，妳真的不要緊嗎？」

「哎呀，我真的很有精神！本來還覺得好像有點貧血，結果這問題也馬上治好了！」

面對不安提問的彩鳥，鈴華揮著雙手展示自己非常健康。

儘管彩鳥依舊表現出擔心的態度，不過最後還是摸著胸口鬆了口氣，心想只要鈴華看起來這麼有精神就好。

之後，兩人前往大樹裡的大浴場。

這個大浴場是挖空樹幹而成，和使用木板拼接建造出的浴場不同，看不到任何銜接處，會

讓人產生彷彿進入生物體內的錯覺。而且浴池也沒有裝設注入熱水的水龍頭，似乎是採用從水樹樹幹自然湧出的構造。

彩里鈴華與久藤彩鳥來到這個不可思議的大浴場後，不約而同地和黑兔以及為她帶路的夏洛洛・干達克在更衣室裡碰頭。

「喔喔！黑兔和……貓耳小姐？」

「喵哈哈，我叫夏洛洛・干達克，異鄉人小姐。謝謝你們先前挺身對抗彌諾陶洛斯，要是只有我們根本沒有辦法。」

夏洛洛垂下兔耳，對著兩人低頭道謝。

鈴華也豎起大拇指回以笑容。

「別在意別在意！遇上困難時要互相幫助嘛！」

「喵哈哈，謝謝妳這麼帥氣的回答。不過至少要讓我幫忙刷背作為回報。」

兩個天真爛漫的女孩熱情握住對方的手，看來意氣相投。偷偷提一下，其實鈴華從以前就很容易獲得野貓青睞。

臉上帶著苦笑的彩鳥脫下白色女用襯衫，接著解開內衣。能把身體洗乾淨是件好事。

（雖說在大眾浴場沒留下什麼好回憶……不過成員是這些人的話應該沒有問題。）

她用大浴巾包住身體，把手伸向浴室的門。

然而就在這一瞬間——來自腋下的魔手毫不客氣地開始搓揉彩鳥的胸部。

「呀啊……！」

「喵哈哈哈哈哈！很好很好，沒想到妳這個金髮美少女看來溫順，卻可以發出如此嬌艷的聲音！明明年紀小小就擁有如此優秀的**裝備**，卻試圖在天下第一的大浴場．葉翠堂遮住身體，這可是一種不法行為！就讓剛成年不久的夏洛洛大姊姊我親自教導，讓妳的身體學會『Underwood』傳統的用『嗶——（消音）』的『嗶——（消音）』來『嗶嗶————（大量消音）』的規矩……」

「好了到此為止！禁止對小彩做出**下流**行為！」

同樣用浴巾圍住身體的鈴華使出轉移版空中轉身迴旋踢，狠狠踹中夏洛洛的延髓。

——順便解釋一下，這一招是鈴華在三秒前才剛想出來的高致死率必殺踢擊，要先瞬間轉移到空中並藉此取得往下落的能量，然後再轉動身體使出迴旋踢，把對象狠狠踹飛。

就算夏洛洛在獸人中也算是特別強壯，這招依舊很有殺傷力。

她壓著後頸頹然倒地，以彷彿看到仇人的眼神瞪著鈴華。

「可……可惡……妳要背叛我嗎，鈴華！」

「吵死了！我雖然是妳的朋友，但更是小彩的學妹！妳的爹地沒有教導過妳，不可以對別人做出對方不情願的行為嗎！蠢蛋！」

「我老哥有說過就算一開始不情願，只要後面能讓對方舒服，那麼最後的收支就能打平！」

「平妳個頭啦！是說你們兄妹是怎麼回事！貓族的各位真是讓人倒退三尺！」

嗚嘎！鈴華和夏洛洛都張牙舞爪地威嚇對方，看來這段友誼非常短暫。

黑兔垂著兔耳，趕到壓著胸口低下頭的彩鳥身邊。

「彩……彩鳥小姐，妳還好嗎？」

「……啊……還好。雖然嚇了一跳，不過並不要緊。」

嘴上雖然這麼說，滿臉通紅的彩鳥卻很難為情地遮住胸口。再加上剛才是受到突襲，衝擊想必更加強烈。她現在的行動就像是膽怯的小動物。

原本氣質堅毅沉穩的彩鳥居然驚慌失措到這種地步，顯然並不尋常。

鈴華嘆著氣搔了搔腦袋，開口說明緣由：

「唉……我說啊，夏洛洛小姐。小彩她可是個久居深閨的超～～～～級大小姐。聽說她在來我們學校就讀之前，甚至不曾跟同年紀的其他小孩好好說過話。」

「哦……是這樣，然後呢？」

「如果只是那樣也就算了，偏偏這樣的深閨大小姐卻在遠離故鄉的土地住進盤據著十三歲到十八歲少女的邪惡淵藪（女生宿舍）。後來……妳們看也知道，小彩的外表是個美少女。儘管沒有受到霸凌，可是卻被整得七葷八素，最後才一個星期就逃離宿舍。」

呼……鈴華重重嘆了口氣。實際上，彩鳥的確沒有碰上霸凌。甚至她是個很有骨氣的少女，要是真的有人使出那種惡劣手段，恐怕會回以三倍的報復。

問題大概出在女生宿舍裡的少女們並沒有惡意。

她們不但沒有惡意，反而非常歡迎彩鳥。

一頭秀髮宛如金絲，美麗雙眼則呈現混合了綠色和藍色的高貴色彩。

獨特的細緻肌膚來自混合歐亞雙方的血統，而且她的母親還是獨自負責 Everything Company 美容部門的優秀女性。

體型雖然嬌小，站姿卻展現出高雅氣質，軀幹也如同劍一般挺拔堅毅。

既然湊齊了這麼多優秀條件，基本上根本不會有哪個女孩子因為嫉妒而敵視彩鳥，反而大部分都對她抱著純粹的羨慕之心。

「所以啊……妳……妳們也懂吧？女生一旦處於只有同性的環境，比較女性化的一面就會急速崩壞。像房間很髒或是內衣褲亂丟這些都還算好，問題是會出現一些只有女生之間才能講的話題或行為……」

聽到這邊，其他兩人終於推測出內情。

雖然彩鳥能夠嚴厲苛酷地對付敵人，卻不習慣面對抱著欣羨之心接近自己的對手。而過於溫柔的結果，就是不小心做出**錯誤的對應**。

最後，她只能逃走般地遠離女生宿舍。

「不過呢，我個人認為完全是對方的錯。還有把青溜的國中一年級當成玩具的高中部**那些傢伙**——我到現在還無法原諒她們明明知道卻置身事外。」

鈴華的語氣冷酷到讓人一瞬間擔心起現場是否會結凍。居然能讓這個心地善良的少女展現出如此嚴苛無情的怒氣，顯見當初的情況絕非一般。

明白事態的夏洛洛垂著貓耳向彩鳥謝罪：

「真……真是非常抱歉，我沒想到妳是抱有這種心理創傷的傷心少女。剛剛那些肢體接觸只是我家特有的好意表現……」

「啊……不，請不必在意。畢竟是異世界，我想一定每個種族都有不同的價值觀。」

「真是的，小彩。妳那種態度會讓對方得寸進尺喔。偶爾該讓對方的延髓受到一記凶狠攻擊才行！」

「不不，鈴華妳那一招連獸人也會被打得半死耶……」

夏洛洛摸著後頸像是還很疼痛，鈴華則哼了一聲認為她是自作自受。

黑兔臉上帶著苦笑，把腦袋和兔耳都歪向一邊。

（人家本來以為久藤彩鳥小姐就是**那個人**……可是「她」應該不是會因為那點小事就動搖至此的人吧……？）

三年前——有一位女騎士以「女王騎士」一員的身分轉生到外界。

見識到彩鳥白天展現出的卓越馬術和鬥志後，黑兔原本產生**懷疑**。但是看她這種符合少女年齡的舉止，她又覺得自己想得太多。

然而仔細思考，就算彩鳥的確是本人，也和黑兔等人無關。因為那名「女王騎士」在轉生時，靈魂的記憶應該已經被全部洗去。

（忘記這件事吧，不然會讓其他人產生負面的多餘疑心。）

黑兔甩甩兔耳，把這件事丟到腦海角落。

於是，和好的四人總算開始享受大樹裡的大浴場。

第九章

轟隆吹襲的狂風讓大樹樹幹微微搖晃。

外面的暴風雨絲毫沒有要沉靜下來的跡象。然而怪牛卻沒有實際發動攻擊，是因為有絕對的強者在守護這棵大樹。

焰正走在水上都市地下水脈裡的隱藏通路上。

據說只要直直沿著這個洞穴前進，可以通往從懸崖上往下流的大瀑布內側。之後打開旁邊的門扉，就會到達謁見室。

西鄉焰在往前延伸的昏暗道路上走了十分鐘左右，才終於來到目的地。明明說是位於大樹裡面，實際上卻是在樹根之下，說是鑽漏洞也不為過吧。

「……結果遲到三分鐘，夕陽已經開始染紅了呢。」

焰語氣苦澀地把手伸向那扇門。實際上這是歷經一番艱苦奮鬥的結果，儘管時間不夠，波羅羅等人還是盡可能提供完善準備，不能責怪他們處理得不夠妥當。

波羅羅雖然說過「要是想活著回來就千萬不要違抗女王」，但是如果無法回到原本的世界，那麼來這一趟根本沒有意義。總之，首要之務是先見到對方。

焰推動那扇豪華的門扉。在昏暗環境中也顯得特別明亮的那扇門才剛打開，下一瞬間他的視野突然充滿陽光。

「……咦？」

感受到眩目光芒的焰不由得懷疑起自己的眼睛。因為這並非比喻，洞穴裡的門扉的確通往和「Underwood」完全不同的地方。

在燦爛陽光的照耀下，焰抬頭望向天空。

他發現這裡是覆蓋著一層薄薄布幕的城堡內部。

自己被帶往的地方，是布幕被拉開一道缺口的白色城堡中庭。

四周有分別種植著春夏秋冬花朵的花壇，通往中央的大理石路面被打磨得光滑明亮，甚至讓人覺得踩上去是一種糟蹋行為。

只要無視一些不合理的地方，或許可以率直地沉迷於這份造型美當中吧。

然而西鄉焰有些不同。雖說他並非已經徹底失去少年之心，然而面對這個充滿偽裝的庭園，警戒心更占了上風。

如果要比喻，這個庭園本身就像是個巨大的捕鼠籠。

也可以換個講法，把這裡形容成黃金之魔境。焰的內心湧上一股恐懼……總覺得一旦基於好奇心而偏離道路一步，就會立刻被怪物吃掉。

「————」

他慎重地踏向大理石路面。於是，花壇裡的花朵顏色也跟著發生變化。

或許這是中庭主人想讓訪客嚇一跳的機關，不過焰的腦袋反而因此冷靜下來。

假設對方真的有意讓自己落入陷阱，應該會在第一步就發動某種攻擊。結果卻只有花朵顏色改變，或者該說是換了一個季節。

儘管很美，不過也僅只如此。

因此可以推論，中庭的主人並不打算危害入侵此處的人。

只是單純想要嚇嚇入侵者才安排了這種機關。

然而就算真的是那樣，焰也不會犯下偏離道路的粗心錯誤。他直直沿著石板路前進，來到覆蓋著薄紗的庭院中心。

每踏出一步就會跟著轉換一個季節的景象確實很美，而且也沒有危險。要不是目前處於這種狀況，焰或許能率直地把眼前中庭視為一種了不起的景觀並樂在其中。

碰到高級的蠶絲薄紗後，焰一鼓作氣地直接掀開。

於是，門扉開啟。

豪華木雕門扉通往的地方，擺設著溫暖的暖爐與寢室用的床鋪。還有一張圓形桌子，上面已經準備好用來招待客人的茶具。

對外的窗戶正在嘎吱作響，這是因為正受到狂風暴雨侵襲吧。換句話說，這裡是**位於**

「Underwood」**某處**的房間。

吃了一驚的焰回頭看向後方——發現原本是入口的地方**只剩下一道牆壁**。

「嗚……」

至此，他全身都冒出雞皮疙瘩，也充分理解自己的想法過於天真。

焰一直在尋找陷阱「藏在哪裡」。

然而實際上，「這裡本身」就是陷阱。雙方的等級差距太大，讓焰現在才體認到自己先前的思考誤判了相差約六次元的規模。

對方是操控世界境界的女王「萬聖節女王」。

——的確，焰事先已經獲得這種知識。

然而聽說傳聞和親身體驗是完全不同的兩回事，相較之下，鈴華的物體轉移只不過是小孩子的把戲。這個對手在操縱世界境界時，心情就像是在翻看繪本那般地輕鬆自在。既然擁有這種程度的力量，就算她認為世上一切都是自己的庭院也是理所當然。

眼前有兩扇門，看樣子還沒到達用來謁見的地點。

（藍色的門和紅色的門……哪個才是正確答案……？）

當焰回神時，才注意到自己的心臟跳得很快，也很清楚地感受到呼吸變得急促。他產生一種錯覺——擔心自己往後每開啟一扇門，是否就會落入不可思議的國度，被迫四處旅行尋找出口。

看來遲到真的讓對方非常惱怒。然而就算是那樣，沒有任何提示就直接開始遊戲還是太欠缺常識。

焰在有暖爐的這個房間裡四處觀察，想找出破解的線索。他的視線注意到附近的一個古老時鐘。

當然，現在已經超過約定的時間。說不定這個時鐘代表的意義，是在告知女王並不打算與那種沒有提早出現好確實配合謁見時間的無禮之人見面。

（……？不，等等，這時鐘不對勁。）

他用右手按住加速跳動的心臟，靠近那個時鐘。正如焰的預測，時鐘上並沒有標出時間，而且指示時刻的針還停在十二點零三分的位置。

三分鐘……正好是他遲到的時間。

（——……嗚！佛祖保佑……！）

焰相信自己腦中一閃而過的直覺，慢慢把古老時鐘的時間往回調。

調回一分鐘、兩分鐘、三分鐘後——

現場響起「喀嚓」聲。

「——歡迎你來，西鄉焰。」

可以感覺到背後的桌子旁突然有人出現。西鄉焰按住幾乎要跳出嘴裡的心臟，用力轉動比先前抖得更厲害的身體。

眼前坐著的人——正是太陽的化身。

黃金色的璀璨長髮會讓人聯想到太陽，明明沒有刻意吹整，卻宛如受到山吹色微風吹拂的稻浪那般飄逸柔順。雙眼綻放出的光彩媲美融合蔚藍清水與碧綠森林的寶玉，正目不轉睛地凝視著焰。

儘管焰對箱庭的知識一竅不通，但還是下意識領悟到。

——眼前這個少女並非神靈。

絕對不是基於人類信仰而誕生的神靈。

雖然聽說過她是凱爾特神群的太陽祭典神格化而成的存在，然而那頂多只是為了讓人類能夠在物質世界中認知到這名少女而賦予的雛型。

支配晝與夜、生與死、春夏秋冬、星與星之境界線的箱庭三大最強種之一。

太陽的星靈「萬聖節女王」。

那位黃金女王，正靜靜地注視著西鄉焰。

＊

焰還是全身僵硬無法動彈，只能默默地看著女王，這模樣正可以說是被蛇盯上的青蛙。面對這位青春美麗的黃金女王，就連修羅神佛也會感到畏縮。

依舊無法做出任何反應的焰繼續呆站。

或許是看不下去了——黃金女王輕輕甩動金髮，伸手觸摸他的臉頰。

「……**我，不會傷害你**。」

「嗚！」

焰的臉頰被她用雙手捧住，這突然的行動讓焰非常緊張。

美麗的雙瞳從下方看向焰。

接著——被稱為女王的少女稍微側著頭，開口說道：

「這樣就沒問題了。慢慢深呼吸，調整氣息吧。」

「……咦？」

「心跳有稍微緩和下來吧？」

黃金少女踩著迴旋曲的舞步離開。

焰握緊放在胸前的右手。雖然感覺心跳還有點快，不過正在逐漸恢復成平常的狀態。

即將陷入呼吸過度狀態引起的不快感也已經消失。

看到焰用視線詢問這是怎麼回事，女王有點不高興地開口說明：

「我剛剛對你下了『我安全無害』的暗示，偶爾就是會碰上這種必須多費點工夫的人。如果你身上有帶糖果點心，倒是可以用『Trick or Treat!!（不給糖就搗蛋）』的契約來解決。」

「……原來是這樣，非常感謝您的好意，女王陛下。」

「我不喜歡那麼拘謹的用詞，至少叫我女王就好。」

女王嘟起可愛的嘴唇，這種模樣看起來就像是個普通的十幾歲少女。受過暗示後，似乎連她展現出的威儀也不再那麼具備壓力。

焰嘆了一口長氣，抬起頭來自我介紹：

「那麼重新開始吧。初次見面，我叫西鄉焰。非常抱歉沒有準時赴約，女王。」

「你真的要好好反省。包括你在內，和我約定時間卻沒遵守的人，只有三個還活著。希望你以後要確實注意——那麼請坐，我允許你同席。」

女王以很不以為然的態度講出了讓人心驚膽跳的發言。雖然以她本人來說，這些話已經相當為對方著想，然而聽在第一次見面的焰耳裡，恐怕完全是一種示威行為。

儘管焰還沒有放下警戒心，但女王已經邀請他同席，首先只能依言坐下。就算想要主動提起話題，先前的體驗卻還糾纏著他無法擺脫。

圍著同一張桌子的兩人暫時保持沉默，互相看著對方。原本以為時間或許會就這樣耗完，沒想到先開口的人是女王。

「……是不是由我主動說明會比較好？」

「呃……嗯，老實說，我根本不明白現在到底發生什麼事。如果可以的話，希望您能從頭開始說明。」

「這樣啊，那麼我們採用提問形式吧。畢竟我也不知道你想從哪裡問起——還有，不需要使用敬語，我不喜歡那麼古板拘謹。」

「……好，我知道了。」

儘管嘴巴上這樣回答，焰的內心依舊有點混亂。

他能感覺到對方確實冷酷嚴厲。

也知道先前的發言並非威脅，只是提出事實與警告。眼前的少女是那種光是因為謁見者引起她的不快，就會排除對方的怪物。

焰的性命本來也很危險吧，他完全不認為光是那點報復就能了事。

所以焰慎重地選擇用詞，從最重要的事情開始提問：

「那麼我恭敬不如從命，第一個問題——關於這次的恩賜遊戲，我們在破解遊戲之後，能夠回到原本的世界嗎？」

或許這問題出乎女王的意料吧。

她睜大那對俏麗的雙眼，對質問的內容表示驚訝。

「當然可以。因為你和上次的那些吸血鬼一樣，都是特別參賽名額。只要遊戲結束就有可能回去……不，該說沒有遊戲時，要是你不回去反而會造成困擾。」

「是……是嗎……！」

聽到這意外的迅速回答，焰摸著胸口像是總算鬆了口氣。

女王剛剛並不是說「會讓你回去」而是「不回去會造成困擾」，換句話說無論採用何種形式，她都會為了讓焰回到原本世界而提供協助。

光是確認這個事實，精神上承受的壓力就已經大幅減少。

焰拿起桌上的水一口氣喝乾，開始整理到目前為止產生的疑問。

「好……那麼下一個問題。我認為這個箱庭世界裡的修羅神佛和我原本世界的神明是同一的存在，這種想法沒有問題嗎？」

「嗯，你已經見過好幾人了吧？雖然並非完全一致，但是你可以認為雙方是無限近似的存在。」

「那麼這個箱庭和我原本的世界是否有什麼互換關係？」

這是焰一開始就產生疑問的事情。

因為這個箱庭世界明明是異世界，物理法則似乎也不太對勁，卻只有在神話體系方面可以看到和焰原本世界相同的傳說故事會隨機般地四處存在。

例如佛教故事的「月兔」。

夜叉池的「白雪姬」。

還有凱爾特神話的收穫祭「萬聖節」。

焰認為來自不同文明的神話體系能在同一世界裡並存的原因，是因為這些神話把焰原本世界裡的神話體系作為原典，像抄本那樣複製過來。

女王並沒有立刻回答這個問題，而是思索了一會兒。

「……這個嘛，雙方的確關係非淺。但是我可以先聽聽你的推論嗎？」

焰點點頭，從手機收件匣裡找出那封邀請函。

「── 第二次太陽主權戰爭　邀請函 ──」

西鄉焰大人鈞鑒：

您已獲得箱庭世界舉辦的『第二次太陽戰爭』的參賽資格。為了取得正賽的參加資格，首先請驅策一隻以上的『黃道十二宮』或『赤道十二辰』之星獸。

討伐目標星獸：『金牛宮』

勝利條件：①討伐『金牛宮』之化身。

勝利條件：②徹底抹滅雷光，讓星辰回歸應有姿態。

※規則概要、舉辦期間：

本遊戲為預賽，因此舉辦期間定為七年。七年的期限過後，將自動判定為在遊戲中

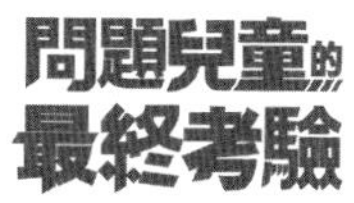

落敗。另外無論目標被誰打倒，都會被認定為西鄉焰大人成功討伐，因此請盡量募集協助者，無須顧慮。

※注意事項※

本參賽資格是為了讓西鄉焰大人參加第二次太陽主權戰爭而設置的特別參賽名額。如果做出棄權、放棄、無視等行為，或是在預賽中落敗，那麼將回收西鄉焰大人持有的特別參賽名額以及固有的恩賜『千之魔術（Proto Idea）』，敬請見諒。

此外請注意，在遊戲舉辦期間中無法離開箱庭。若需延長尚有評估餘地，但還請盡可能在期限內達成所有的攻略條件。

謹上

第二次太陽主權戰爭　執行負責人　『拉普拉斯小惡魔』」

「看了這封邀請函後，第一個讓我感到在意的問題是……為什麼我會被選為特別參賽名額？原本還以為是因為我製作了最新式的奈米機械裝置（device），但是據說這是規模最大的恩賜遊戲，這理由顯得有點薄弱。」

「是嗎，然後？」

「所以我進一步思考。這次的二十四號颱風已經造成超過兩百萬戶受災，農耕方面的損害也很嚴重。比起人類之間的接觸感染，透過農作物才是最危險的感染途徑。那樣一來，當然很有可能出現病害導致的損失以及飢荒造成的大量病死者。麵粉和玉米的價格已經開始大幅上漲，一個不好，甚至會引發戰爭。」

「是啊，人類光靠糖果點心可無法活下去呢——所以呢？」

女王以平坦無起伏的聲調催促焰繼續說下去。她的雙眼彷彿看透一切，讓焰感到有點畏懼。然而現在沒有空膽怯，他回望女王的眼睛，用力吸了口氣。

「如果假設……規則概要裡的『持續舉辦七年』這點也會影響到病害與飢荒，那麼針對病害與飢荒製作出治療用藥物的人，**是不是會獲得等同於拯救世界的功績呢？**」

「沒錯，的確是那樣。不過可別誤解，那並不是真正的傳說，只是**傳承在近代化**而已。也就是以最新的靈格來重現出過去的事物，那一點並非問題的根源。」

女王的發言讓焰歪了歪頭。

再怎麼說他都沒有辦法理解剛才這些情報。

「傳承在近代化？這是什麼意思？」

「……在說明之前，有其他客人來了。」

女王伸出手指在空中畫了一道橫線後，焰的手機開始傳出來電鈴聲。

他拿起發出簡單嗶嗶聲的手機，看到來電顯示為匿名。居然連不可能連上的手機電波都能接通，讓焰更加覺得這個女王的確是不能掉以輕心的對象。

雖然滿臉疑惑，但焰還是很耿直地接聽電話。

於是，電話裡傳出意外人物的聲音。

「……喲。好久不見啦，焰。」

＊

——葛飾區，柴又帝釋天，正殿。

十六夜一行人迅速又安靜地偷偷闖入寺院境內。

雖然這裡有不少警衛，但實力堅強的三人還是順利突破中庭。潛入正殿後，御門釋天觸碰藏在地板中的神印，於是正殿中充滿藍白色的光芒。

御門釋天吐了口氣，像是總算放心。

「儘管無法開啟『仞利天』那種程度的門，不過如果只是要簡單對話，應該十分夠用。我要和女王的親信部下聯絡，你先等一下。」

「知道了。」

十六夜盤腿在正殿中坐下。

他是第一次進入柴又帝釋天的正殿，所以觀察起周遭，想看看有沒有什麼新奇玩意兒。後來又一時興起，開始在腦海中比較旁邊的正版帝釋天與佛像版的帝釋天。

（……完全不像。）

聽說御門釋天的年齡是三十五歲上下，但這歲數也算是相當年輕。只看外表的話，根本像是二十幾歲的人。甚至連佛像的外觀看起來也比其他佛教神明年輕，說不定這就是原因。

況且基本上他──「軍神」帝釋天是一般神靈完全無法與之相較的高位神靈。這世上雖然有眾多武神，然而如果找一千人詢問哪位神明才是最強大又最有名的武神，恐怕這一千人都會意見一致地回答是帝釋天吧。

雷神、軍神、英雄神、諸神之王。他擁有數不清的別名。

據說印度最古老的聖典《梨俱吠陀》裡，其實有三成內容都是在讚頌帝釋天。儘管後來加入佛門，身為佛教神明的一面成為比較被大眾所知的形象，但他卻是最強大也最古老的神明之一，擁有的靈格甚至能和希臘主神與唯一神相匹敵。

這種超超超級大神居然在人界拿著手機講電話，到底是什麼世道。

「喂，十六夜。」

「嗯？怎麼了？」

「聯絡上女王了，但焰似乎也在場。我的身分不能曝光，所以你來講吧。」

啥？十六夜發出變了調的叫聲。

釋天直接把手機丟了過來，然而十六夜根本沒有預想到會在這種時候和焰說上話。因為他原本以為要是在解決事件之後能有機會稍微道個別，就已經算是讓人滿足的待遇。

（……算了，其實也沒必要那麼緊張。）

十六夜把手機放到耳邊，用一如往常的語氣打招呼。

「……喲。好久不見啦，焰。」

嗶。嘟嘟都……

沙沙……

他聽到這些聲音，電話被掛斷了。

「………………………………哦～？」

十六夜花了三十秒瞪著手機，隨後瞬間摸透智慧型手機該如何使用，重撥回去。

這次聽到電話另一頭傳來情緒複雜到不知該如何形容的聲音。

「……好久不見，十六哥。」

「從剛剛到現在的時間應該算不上好久不見吧。」

「喂喂！我還特地好心不吐嘈你，別給我裝蒜啊！」

「吵死了，單方面掛人電話的臭小鬼憑什麼要求我給予親切對應？以前的你應該比較坦率吧？」

「是啦是啦，我也還有印象。講到我九歲時的記憶，現在只記得金絲雀老師會陪我玩，還有我會和鈴華一起跟在你後面轉來轉去這些事了。」

「沒錯，那時覺得麻煩，但看到你長大後居然變成個性這麼扭曲的傢伙，倒是讓人懷念起你當年的坦率模樣了。」

十六夜一派瀟脫地出言調侃。

另一方面，和十六夜對話後或許讓焰連日以來的緊張情緒終於繃斷，他幾乎快把手中的手機捏爆。

「哼……還真敢講啊！我可不是像你那樣自願扭曲才變得這麼扭曲。追根究柢來說，都是丑松老爺子不該那麼乾脆地突然掛掉。拜此所賜，我自身連同整個人生都被 Everything Company 的大小姐給買下。而且還有那個叫御門釋天的飯桶，每次他工作出包時，我都得幫忙擋下那些來討債的傢伙，要不然就是得幫他還錢，根本過著厄運纏身的日子！」

「……哦？」

十六夜挑起一邊眉毛，看向御門釋天。他似乎有聽到對話，立刻把視線轉往完全無關的地方。

然而抱怨完這些後，焰的話還是如同潰堤洪水般滔滔不絕。

「我還在想你這五年不知道去哪閒晃了，結果呢？哼！真沒想到居然是投身於探索異世界！這種一般來說應該會讓人驚訝到啞口無言的事情卻因為實在**太有你的風格**，害我一不小心就接受了！而且那是怎樣？聽說你率領長著兔耳的蘿莉以及巨乳的白蛇大人，盡心盡力協助水上都市的發展？是啦，關於你拋棄我們自己跑掉的行為我是沒有任何不滿啦！但是你竟然自己一個人跑來這種有趣的奇怪世界裡自由奔放隨心所欲地想玩就玩，我可絕不承認自己感到很羨慕啊你這混帳……！」

「…………」

「——那麼，還有呢？這五年裡你還做了什麼？」

「和獅鷲獸一起去旅行，還打倒了魔王。」

「混～～帳！真的讓人很羨慕啊可惡！」

嘎啊！西鄉焰氣到失控抓狂。

而逆迴十六夜——反而感到有點佩服。

正如逆迴十六夜先前所說，西鄉焰原本應該是個只會緊跟在十六夜身後，內向消極的少年。沒想到他居然能成為支撐孤兒院的棟梁，甚至還能庇護沒用的飯桶廢神，這種成長真是讓人驚訝。

有言道：「士別三日，刮目相待」，五年的歲月似乎讓少年獲得如此巨大的進化。

他正在滿心感慨地思考這些事，另一端傳來女王的聲音。

「焰、十六夜，我要進入正題，讓所有人都能聽見。」

「嗯？噢，知道了。」

焰點點頭，把手機切成擴音模式。

女王先歪歪頭像是感到有點不可思議，才對著十六夜發問：

「……十六夜，你聽得到嗎？」

「嗯，聽得到，女王。三日不見，這邊在異世界也訊號清晰。」

「是嗎，那就好。我現在要開始說明事件的緣由，你們要聽好了。」

女王的聲音依舊不帶感情，以欠缺抑揚頓挫的語調淡淡發言。

這時她總算換了姿勢，把雙腳交疊。

「首先我要解開你們兩人的誤解。追根究柢來說，這次的事件和箱庭其實無關。」

「什麼意思？」

兩人同時回問後，女王不高興地嘟起鮮紅雙唇，第一次表現出感情。看樣子她討厭理解力差的男性。

「就是字面上的意思。這次的事件，從頭到尾都和箱庭無關。不管是跨越赤道的颱風，還是病害、飢荒……所有一切，都是**史實中該發生也理應發生的事情**。」

「……啥？」

「什麼！」

十六夜一時無語，焰則無法理解，發出變調的叫聲。

女王因為兩人叫得這麼大聲而皺起眉頭，用力瞪了一眼。

「……好吵，就算驚訝，這種反應也太粗俗了。」

「可是真的沒可能啊！不對，就算大幅讓步接受病害和飢荒的部分吧，二十四號颱風可是**跨越了赤道**啊！自然界中絕對不可能發生那種事！」

「是啊，不過關於這一點，你不是已經得出答案了嗎？幾天前，你**對御門釋天說過什麼話**？」

「……對釋天說的話？」

女王以彷彿看透一切的眼神望著焰。

焰一瞬間無法理解她的重點是什麼，但還是聽從女王的發言，說明之前和釋天的對話。

——「直接講重點，自然界存在著旋轉的力量，也就是所謂的地轉偏向力（Coriolis Force）——形成漩渦的力量。這種力量在北半球和南半球會分別往完全相反的方向作用，導致海上漩渦與颱風氣旋也一定只會轉往固定的方向。因此，基本上在地轉偏向力不存在的赤道地區不會形成颱風，已經形成的颱風跨越赤道更是讓人完全無法想像的狀況。」

「……哦？也就是說，**你認為存在著自然界力量之外的形成原因**？」

「雖然是很駭人的推論，但並非完全不可能。基本上這颱風從形成時就充滿謎團，南半球的颱風基本上只會順時針旋轉，然而二十四號颱風『天之牡牛』卻打從形成時就以逆時針方向旋轉。所以猜測此颱風的形成原因是源自於與自然界力量完全不同的力量，是一種很初步的懷疑。」

「……國際間禁止開發氣象武器，**你認為是有某處違反了這個禁令？**」

「也不是完全不可能。網路上流傳這個颱風是哪個國家製造了氣象武器並進行實驗……我也覺得說不定是相當接近真相的推論。從颱風的持續力、波及範圍以及超越自然界法則的力量中，都可以讓人感覺到某種意志。所以也許是人工製造……或是和某種超常存在有關連。」──

「──女王，這是怎麼回事？」

「就是你剛剛聽見的那樣。至少在離開箱庭前往外界時，那還是普通的金牛宮化身。而且基本上被召喚的日期根本對不上，這點你應該比任何人都清楚吧，逆廻十六夜？」

女王的語氣中略有責備之意。

十六夜無言以對，焰則瞪大雙眼。

「……十六哥，到底是怎麼回事？」

「也沒有哪回事，我本身是在三天前才剛被召喚到外界。所以我一直認定是因為外界和箱庭的時間有偏差……看來並不是這樣吧？」

「沒錯，關於時間的經過速度，從兩年前起就已經同步。是『護法神十二天』負責出手干涉，讓箱庭處於依附特定世界之時間的狀態。」

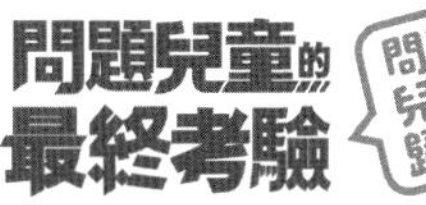

「是嗎，這是決定性的情報。」

十六夜嘆了長長一口氣。

以他來說，這口氣顯得相當沉重，而且似乎帶著幾許悲痛情緒。

「……是嗎，我完全忘了『天之牡牛』也是中東國家的傳說……」

「啊？」

「沒事。總之，我明白原因了，焰。你和 Everything Company 一起研究的東西，是不是和第三類永動機有關？」

焰一時之間還以為自己的心臟要跳出來了，因為前往箱庭這個異世界的十六夜根本不可能會知道這個情報。

即使他明白這樣做並沒有意義，還是反射性地壓低音量。

「……等一下，這件事你是聽誰說的？按照對外公開的情報，外界一般應該只知道我在研究的對象是名為第三種星辰粒子體的奈米機械技術。至於利用第三類永動機（maxwell drive）的永動機研究和能源革命，沒有告訴任何人……」

「對，重點就是那個被當基礎的馬克士威（Maxwell）。我在這個箱庭裡，曾經和成為你研究題材的『馬克士威妖（Maxwell's demon）』交手過。」

「……什麼？」

「詳細說明就省下了，總之那傢伙是操控『暖』與『寒』之境界的惡魔。如果星辰粒子體擁有和『馬克士威妖』同等的能力，或許能夠操縱氣溫變化，獲得控制氣壓的方法。」

除了西鄉焰，有能力研究星辰粒子體的人類——不可能存在。因為，那東西是他父親遺留下來的研究產物，也是這世上僅有三個的原版星辰粒子體，通稱「原典(Origin)」。手上沒有這東西，根本不可能進行研究。

而且像這種動用到恩賜才總算能夠開始解讀的超科技結晶，到底要用上什麼手段，才有辦法從一開始製作？這可是僅僅重現了百分之十左右就足以掀起醫療革命的怪物，除非手上有設計圖，否則根本無法再度製造——

「……論文。」

「論文？誰的論文？」

「老爸的論文。只要有那個，沒有星辰粒子體或許也能夠進行研究……可是……」

西鄉焰的父親已經過世，這點不會有錯。

他的論文應該也同時消失。

由於至今仍然沒有人在學術會議上發表過這篇論文，所以之前一直認為論文不見只是單純弄丟——但是，如果實際上是有一群人花了好幾年在**暗中研究**……

「沒錯，西鄉焰。這次是拿到你父親論文的某人讓『天之牡牛』重現於世，那個某人也正是這次波及外界的恩賜遊戲之主犯……所以換句話說，**你認為這代表什麼意思呢？**」

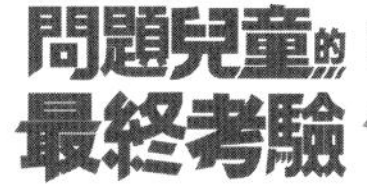

嘟——

講到這邊，西鄉焰掛斷電話，這個幾乎是下意識做出的行動讓他本身也非常驚訝。依舊不明白自己為什麼這樣做的焰正盯著手機——女王卻突然縮短距離來到連焰也可以聞到她身上香味的位置，探頭仔細觀察焰的表情。

「嗚……！」

面對她這種毫無防備的行為，焰不由自主地把身體往後仰。

他很清楚眼前的少女是妖異怪物之類，然而事實上她的確很美。也難怪焰會心跳加速。

「……女王。」

「什麼事？」

太陽的女王直到此時——才第一次露出打心底感到愉快的笑容。

薔薇般的紅唇輕輕開啟，美麗得宛如花朵綻放；媲美寶玉的雙眼也同時凝視著跨越了世界的兩名少年。現在，她正在評估這兩位少年到底會如何行動。

窗外的暴風雨更加猛烈，暖爐裡的火已經縮小到讓人快要凍僵。而且火焰還不斷搖晃，似乎隨時有可能因為風勢再強烈一點而被吹滅。

*

然而焰的眼裡卻點起帶有各式情感的火焰，還散發出彷彿即將熊熊燃起的熱量。出生至今，這是他第一次全心全身都燃燒著敵愾心。

「我想確認幾件事情。」

「好啊，現在我可以回答所有問題。」

女王對焰展現出宛如太陽的美麗笑容。

繼續壓抑著感情的焰開口提問：

「……把星獸召喚到外界的犯人，是箱庭的人類嗎？」

「嗯，不過是不是人類這點我無可奉告。」

「——箱庭的人類在研究星辰粒子體嗎？」

「不，前者和後者似是而非，但彼此是合作關係。」

「——……那麼，雙方是在合作什麼？」

「當然是把你父親……嘻嘻，這點我要保密。照你這種問法，我不想告訴你。」

女王離開焰身邊，把一隻手撐在桌上，以甜美的聲音挑撥焰的內心。無論如何，她都想從焰的口中聽到那句話，也想讓他自身有所察覺。

為了孤兒院，為了家人，為了朋友——如果這個在過去總是為了其他人而奉獻人生的少年，即將開始為了自己的情感而挺身戰鬥。

那麼毫無疑問，必定會為一場宛如烈火般猛烈熱情，光是旁觀就能讓人心情愉悅的復仇劇

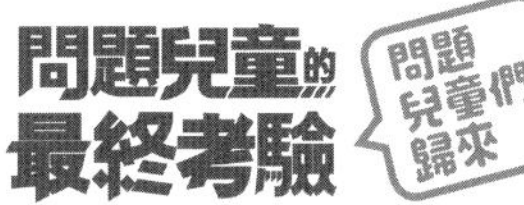

拉起序幕。

「——————」

焰很清楚女王抱著這種玩樂心態。

也早已推測出答案。

然而就像是受到支配操控，最後他還是講出了那句話。

＊

——確定無論重撥多少次都無法接通後，逆廻十六夜把手機甩向地面。

「……那個本性惡劣的混帳女王，還真的給我動手了！」

被滿腔憤怒的十六夜狠狠甩出去的手機悽慘地成了四分五裂的碎片。

雖然他並沒有激動怒吼，但已經三年沒有爆發出這樣的怒氣。幸好被遷怒的對象只是手機，並不是整座寺院。

在旁邊豎著耳朵偷聽對話的御門釋天壓抑著慶幸自己領域沒被破壞的安心感，以及不滿手機被摔成碎片的憤怒感，靜靜地抬起頭。

「傷腦筋……女王那傢伙徹底關閉了境界。這樣一來，在日本的我們不可能連上箱庭，也就無法安排讓十六夜回到箱庭的方法……事情真的很棘手，頗哩提妳有什麼辦法嗎？」

「沒辦法，我認識的人裡沒有人能操控境界。」

「我想也是。換句話說，直到太陽主權戰爭開始前都無法回去……怎麼辦，十六夜？」

釋天口氣隨性地提出認真問題。

然而讓人意外的是，十六夜立刻回應：

「我知道一個地方，那裡或許和箱庭相連。」

「喔？日本國內嗎？」

「不，海外。我的搭檔在那裡等我。因為他吵著說一次也好就是要看看神殿，所以我乾脆把他丟在那裡……那麼，你們打算怎麼辦？」

十六夜回過頭，詢問兩名神靈。他們那邊同樣也走投無路，既然沒有其他地方可去，陪十六夜走一趟也是不錯的選擇吧。

「好吧，但是在人類世界裡移動時，要使用汽車和飛機。」

「就說我知道啊，再怎麼樣我也沒打算破壞故鄉。」

三人先確認彼此的想法，才開始往機場移動。

拿出手機拜託人幫忙準備十六夜的假護照後，頗哩提以突然想到的態度開口發問：

「話說回來，逆廻十六夜。你和這次的事件真的沒有關係嗎？根據先前的對話，感覺你和女王似乎互相認識？」

「我和事件本身沒有關係，不過……沒錯，我知道一些關於彌諾陶洛斯的事情。因為那傢

伙被召喚到外界時，我正好在挑戰迷宮遊戲。」

聽到十六夜的發言，釋天和頗哩提誃異地面面相覷。

「……喂，這件事我怎麼不知道？」

「因為我認為沒有必要告訴你……但是既然事態已經演變到如此地步，也跟你們說明一下似乎比較妥當。在路上說吧。」

搭上釋天的愛車後，十六夜開始向兩人解釋事情的開端。

一切都要回溯到一星期前——從記載於希臘神話中的傳承，「Minotaur the throne in labyrinth」這場恩賜遊戲開始。

十六夜娓娓道出他在那裡經歷的神魔遊戲，以及一隻怪物的故事。

後記

好！成為輕小說作家吧！

四年前，抱著這種決心的我出道邁入這一行。

要對第一次接觸本作的各位說聲初次見面，對上一系列開始支持的讀者們說聲好久不見。

我是沒有預料到這作品會持續這麼久的竜ノ湖太郎。

這次非常感謝您拿起這本唬人的現代風異世界衷心誠意奇幻作品第二部《問題兒童的最終考驗》。雖然這系列從第一集開始就把規模扯很大再扯更大，若是各位能確實跟上沒在中途就被拋下，在下會感到非常高興。預定今後會一如既往地不踩煞車催滿油門，並以雙主角的形式來發展出各式各樣的故事，還請大家一起享受箱庭的世界。

那麼，既然難得有這機會，偶爾來談一下作品內容吧。

這次是上下集……或者該說是出題篇&解答篇。嗯，畢竟這次兼備了說明世界觀的功能嘛，希望這部分也能讓各位讀者從中體會到樂趣。

我從以前就想找個機會寫寫十六夜和焰的故事，所以關於下一集，比起遊戲，我反而正在

策劃要塞一些更著重於劇情方面的內容。

因為偶爾就是會想寫些不是都在動腦筋而是有滿滿情感鋪陳滿滿背景描寫滿滿戰鬥敘述的故事，倒不如說最近我總是有這種念頭。

……嗯？可是為什麼我依然在寫關於遊戲的內容呢？

順便提一下，從本書開始，製作小組的成員也全面更新！

負責插畫的ももこ老師、O責編，今後還請多多關照指教。

由逆廻十六夜與西鄉焰擔任雙主角的的冒險動作故事即將展開。

關於太陽主權戰爭的部分，也希望各位讀者能一併欣賞期待。

那麼，下一集再會吧！

竜ノ湖太郎

超
後台
下集
預告！
太陽之女王「萬聖節女王」
終於開始行動！
焰先生、彩鳥小姐、鈴華小姐
一邊被自由奔放四處玩樂的女王
耍得團團轉，同時還要再度挑戰
「天之牡牛」，然而……

咦？比起那件事，更重要的是
人家變成蘿莉的理由？
這……這點必須保密到下一集喔
那……那麼，
還請大家期待下一集
《問題兒童的最終考驗》2！
COMING SOON!!

Kadokawa Light Novels

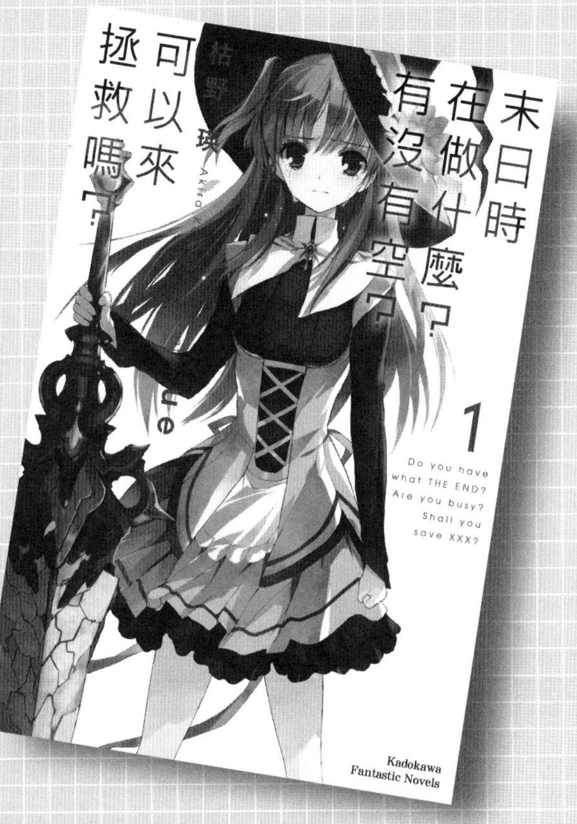

末日時在做什麼？有沒有空？可以來拯救嗎？ 1 待續

作者：枯野 瑛　插畫：ue

「嗯。我的夢想實現了，也留下美好的回憶，我已經沒有任何遺憾了。」

「人類」遭到非比尋常的「獸」蹂躪而滅亡。除了獨自從數百年沉眠中甦醒的青年威廉以外。唯有「聖劍」與妖精兵能代替「人類」打倒「獸」，用盡力量的妖精兵們卻會殞命……這是註定赴死的妖精少女們和青年教官共度的，既短暫又燦爛的日子。

NT$200/HK$60

舞武器舞亂伎 1 待續

原作：Quadrangle　作者：逸清　插畫：PUMP

史上首創跨國合作！日本動畫同步改編小說！
發生在台灣花蓮的另一個舞武器傳說！

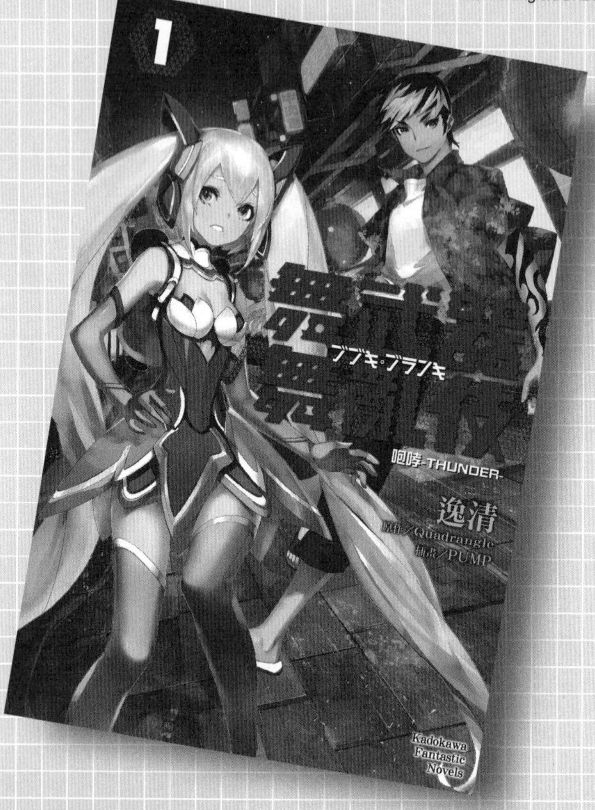

鋼健人是一個把台客風格發揮到極致的神祕少年。花襯衫、藍白拖，染著一頭失敗的金髮，賣著不健康的雞排。但是今天，他的小確幸生活卻遭到了踐踏！一個逃家少女因為肚子餓偷吃了他的雞排，也把名為「舞武器」的麻煩帶到了他的生活中——

NT$260/HK$78

台灣角川

Kadokawa Light Novels

GAMERS電玩咖！ 1 待續

作者：葵せきな　插畫：仙人掌

——要不要和我……加入電玩社呢？
彆扭玩家們的錯綜青春戀愛喜劇開演！

雨野景太的興趣是電玩，沒有特別醒目的特徵卻又不愛平凡日常生活，屬於落單路人角。儘管他並沒有在學生會發表後宮宣言，更沒被關進雖然是遊戲但可不是鬧著玩的MMO世界……卻受到全校第一美少女兼電玩社社長天道花憐邀約加入電玩社!?

NT$240/HK$75

國家圖書館出版品預行編目資料

問題兒童的最終考驗. 1, 問題兒童們歸來 / 竜ノ湖太郎作 ; 羅尉揚譯. -- 初版. -- 臺北市 : 臺灣角川, 2016.08
面 ; 公分
譯自 : ラストエンブリオ. 1, 問題児の帰還
ISBN 978-986-473-231-9(平裝)

861.57 105011166

Kadokawa
Fantastic
Novels

問題兒童的最終考驗 1
問題兒童們歸來

（原著名：ラストエンブリオ 1 問題児の帰還）

2016年8月11日　初版第1刷發行
2019年5月7日　初版第3刷發行

作　　者：竜ノ湖太郎
插　　畫：ももこ
譯　　者：羅尉揚

發 行 人：岩崎剛人
總 經 理：楊淑媄
資深總監：許嘉鴻
總 編 輯：蔡佩芬
副 主 編：朱哲成
美術設計：宋芳茹
印　　務：李明修（主任）、黎宇凡、張凱棋

發 行 所：台灣角川股份有限公司
地　　址：105台北市光復北路11巷44號5樓
電　　話：（02）2747-2433
傳　　真：（02）2747-2558
網　　址：http://www.kadokawa.com.tw
劃撥帳戶：台灣角川股份有限公司
劃撥帳號：19487412
法律顧問：有澤法律事務所
製　　版：尚騰印刷事業有限公司
ＩＳＢＮ：978-986-473-231-9